Bianca

D1546078

Cathy Williams
Pacto de pasión

HARLEQUIN
FINNEY COUNTY PUBLIC LIBRARY
605 E. Walnut
Garden City, KS 67846

Editado por HARLEQUIN IBÉRICA, S.A.
Núñez de Balboa, 56
28001 Madrid

© 2013 Cathy Williams. Todos los derechos reservados.
PACTO DE PASIÓN, N.º 2275 - 4.12.13
Título original: A Deal with Di Capua
Publicada originalmente por Mills & Boon®, Ltd., Londres.

I.S.B.N.: 978-84-687-3595-5
Depósito legal: M-27159-2013
Editor responsable: Luis Pugni
Fotomecánica: M.T. Color & Diseño, S.L. Las Rozas (Madrid)
Impresión en Black print CPI (Barcelona)
Fecha impresion para Argentina: 2.6.14
Distribuidor exclusivo para España: LOGISTA
Distribuidor para México: CODIPLYRSA
Distribuidores para Argentina: interior, BERTRAN, S.A.C. Vélez
Sársfield, 1950. Cap. Fed./ Buenos Aires y Gran Buenos Aires,
VACCARO SÁNCHEZ y Cía, S.A.

Capítulo 1

ROSIE nunca había estado en una incineración. Cuando su padre había muerto ocho años antes se había celebrado un entierro. Muchos amigos, y era sorprendente que los tuviera teniendo en cuenta que se había pasado la mayor parte de su vida viendo el sol salir y ponerse desde el fondo de una botella de whisky, habían acudido a mostrar sus respetos. Los amigos de ella habían acudido también a ofrecerle el apoyo moral que, con dieciocho años, había necesitado. Recordaba que un primo lejano, que había resultado vivir a tres manzanas en una casa de dos habitaciones de protección oficial parecida a la de ellos, se había presentado allí y le había expresado su pesar por no haber tenido más relación con ellos.

A pesar de su amor por la botella, su padre había sido un alcohólico jovial y el número de personas que habían acudido aquel intensamente caluroso día de verano había sido prueba de ello.

Pero esto...

Había llegado tarde. Hacía mucho frío y una serie de pequeños contratiempos habían hecho el viaje mucho más largo y arduo de lo que debería haber sido: hielo en la carretera, hora punta en el metro, problemas de cobertura al aproximarse a Earl's Court. No había ayudado que hubiera decidido llegar tarde para poder quedarse al fondo de la capilla y desaparecer antes de que terminara la misa. Había contado con desaparecer entre la multitud.

En ese momento, rondando por el fondo de la capilla, sintió que le golpeaba el corazón contra el pecho al ver la escasez de personas que habían acudido a la incineración de Amanda di Capua, Wheeler de soltera. Después de haber hecho el esfuerzo de ir, ahora estaba desesperada por marcharse, pero sus temblorosas piernas actuaban por cuenta propia y la empujaron hacia delante para acercarla al grupo situado al frente. Mantuvo la mirada fija en el rechoncho hombre de mediana edad que se dirigía a ellos con un tono de voz nítido y sensato.

Por supuesto, él estaría allí: Angelo di Capua. ¿Por qué fingir que no lo había visto? En cuanto había entrado en la capilla sus ojos se habían movido en su dirección. Fue fácil verlo, pero ¿no lo había sido siempre? Tres años no era demasiado tiempo para que hubiera enterrado el recuerdo de lo alto, impactante y guapísimo que era. En una habitación abarrotada siempre había tenido la habilidad de destacar. Así era él.

La espantosa e insoportable tensión nerviosa que había empezado a invadirla una semana atrás, al recibir esa llamada telefónica informándola de la muerte de Amanda y decidir que asistiría al funeral porque Mandy había sido su mejor amiga durante un tiempo, estaba arremolinándose en su interior creando un imparable torbellino de náuseas.

Se obligó a respirar y se arrebujó en su grueso abrigo.

Ojalá la hubiera acompañado Jack, pero él no había querido formar parte de eso. Su rencor hacia la que una vez había sido su amiga era más intenso aún que el suyo.

La misa terminó mientras aún estaba perdida en sus

pensamientos y sintió que palidecía cuando el pequeño grupo de personas comenzó a darse la vuelta. Vio que no podía recordar nada del oficio religioso. El ataúd había desaparecido detrás de la cortina y, en unos minutos, otro grupo de dolientes llegarían para sustituirlos.

Seguro que Angelo se acercaría a hablar con ella. Incluso él tenía una mínina educación, así que se vio obligada a sonreír y acercarse como si le alegrara entremezclarse con toda esa gente.

Angelo se encontraba entre ellos. El guapísimo y atractivo Angelo. ¿Cómo se estaría tomando la muerte de su joven esposa? ¿Y la habría visto a ella? Se preguntó si aún estaría a tiempo de huir de allí, pero ya era demasiado tarde: una joven se acercaba con la mano extendida y presentándose como Lizzy Valance.

—Te llamé, ¿te acuerdas? —se secó los ojos con un pañuelo que se guardó en el escote de su vestido negro que apenas podía contener los pechos más grandes que Rosie había visto en su vida.

—Sí, claro...

—Saqué tu nombre de la agenda de Mandy, aunque me habría puesto en contacto contigo de todos modos porque siempre hablaba de ti.

—¿En serio? —por el rabillo del ojo pudo ver a Angelo hablando con el vicario mientras miraba el reloj a escondidas. No parecía un esposo afligido, aunque... ¿qué sabía ella? Hacía mucho tiempo que no los veía y no tenía ni idea de cómo los había tratado la vida. Era vagamente consciente de lo que decía Lizzy mientras recordaba los buenos tiempos que Mandy y ella habían pasado, aunque esos momentos habían sido más escasos y más espaciados al final por el alcoholismo de Mandy.

No quería saberlo. No quería saber nada sobre las

aflicciones y los problemas de su examiga. La época de compadecerse de Amanda había pasado hacía mucho tiempo.

–¿Cómo murió? –interrumpió a Lizzy bruscamente–. Has dicho algo sobre un accidente. ¿Hubo alguien más implicado?

Fuera cual fuera la conversación que Angelo había estado teniendo con el sacerdote había terminado y él estaba girándose hacia ella. Rosie se centró en la pequeña y curvilínea morena con ese impresionante busto y se obligó a mantener la compostura, aunque tuvo que juntar las manos y apretarlas con fuerza para evitar que le temblaran.

–Gracias a Dios, no, pero había estado bebiendo. Es terrible. No dejaba de decirle que tenía que buscar ayuda, pero nunca quiso admitir que tenía un problema y era tan divertida cuando... bueno, ya sabes...

–Perdona, tengo que irme.

–Pero todos vamos a ir al pub que hay junto a su casa.

–Lo siento –podía sentir que Angelo caminaba hacia ella librándose de las cerca de veinte personas que lo rodeaban. Las ganas de salir corriendo eran tan acuciantes que pensó que se iba a desmayar.

No debería haber ido. La vida era dura y en ella no había sitio para la nostalgia. Jack, Amanda y ella tal vez habían empezado su historia juntos, pero estaba claro que no había terminado así y debería dejar las cosas como estaban.

Había sabido que vería a Angelo. ¿Cómo había podido pensar que eso no le afectaría? Le había entregado su corazón por completo y él lo había tomado y lo había roto para después largarse con su mejor amiga. ¿De verdad había pensado que sería capaz de olvidar todo eso lo suficiente como para enfrentarse a él de nuevo?

Lizzy se había marchado y la había dejado sola, un objetivo perfecto para el hombre que se dirigía hacia ella.

–Rosie Tom. Vaya, vaya, vaya, eres la última persona que me esperaba ver aquí. No, tal vez debería decir: eres la última persona bienvenida aquí.

Por supuesto que la había visto. En cuanto había concluido la breve misa y él se había girado, había visto a Rosie y, al instante, había sentido que cada músculo de su cuerpo, cada poro y terminación nerviosa se sacudía con un intenso dolor junto al peso del odio y cierta atracción que lo enfurecía casi tanto como el hecho de verla.

En la capilla se la veía radiante e impresionante. Alta y esbelta como un junco, con ese peculiar tono de vibrante castaño rojizo que siempre llamaba la atención. Era pálida, con una piel satinada, cremosa y perfecta y unos ojos de color cereza.

Poseía la belleza de una mujer creada para hacer que los hombres perdieran la cabeza. Angelo frunció los labios con desagrado al intentar detener las compuertas al pasado que estaban empezando a abrirse.

–Esto es un lugar público –dijo Rosie con frialdad–. Puede que no me quieras aquí, pero tengo todo el derecho a presentar mis respetos.

–No me hagas reír. Amanda y tú acabasteis siendo enemigas juradas. Además, ¿cómo te has enterado de lo de su muerte?

Se había cortado el pelo. La última vez que la había visto lo llevaba largo y le caía por la espalda. Ahora estaba ondulado, pero en un estilo más corto que le llegaba a los hombros. Tenía un aspecto tan elegante y llamativo como siempre.

–Me llamó su amiga Lizzy.

–Y al momento pensaste en enterrar el hacha de guerra y venir aquí corriendo para derramar unas cuantas lágrimas de cocodrilo. ¡Por favor, déjalo!

Rosie respiró hondo. No era capaz de mirarlo. Demasiados recuerdos. Y tampoco era que importara si lo miraba o no porque, de cualquier modo, tenía su imagen grabada en la mente con una implacable eficiencia. Ese pelo negro azabache tan corto, esos fabulosos ojos que eran de un peculiar tono verde intenso; los inolvidables y duros ángulos de su rostro que resaltaban su atractivo sexual más que disminuirlo. Un cuerpo que era esbelto y musculoso y ligeramente bronceado.

–No iba a derramar lágrimas –dijo ella en voz baja–. Pero crecimos juntas. Y ahora que he venido, creo que es hora de marcharme. Independientemente de lo que haya pasado, Angelo, lamento tu pérdida.

Angelo echó la cabeza atrás y se rio.

–¿Que lamentas mi pérdida? Más vale que salgamos, Rosie, porque puede que suelte otra carcajada y hacerlo dentro de una capilla no me parece lo más apropiado.

Antes de que ella pudiera protestar, él la agarró del brazo y la sacó de allí.

–¡Me estás haciendo daño!

–¿En serio? Pues es sorprendente, pero no me importa –ya estaban fuera, en la fría penumbra–. A ver, ¿por qué te has presentado aquí?

–Ya te lo he dicho. Sé que han pasado muchas cosas, pero Amanda y yo estudiamos juntas desde primaria y me entristeció mucho cómo acabó todo al final...

En la oscuridad, ella no podía distinguir la expresión de su cara, aunque tampoco le hizo falta. Su voz ya era lo suficientemente brusca. Había sido un gran error.

–No me lo trago. Eres una cazafortunas y si crees

que puedes presentarte aquí y sacarme alguna pepita de oro, piénsatelo dos veces.

–¿Cómo te atreves?

–No empecemos otra vez, Rosie. Los dos sabemos exactamente cómo me atrevo. Debería haber sabido que no podía esperarme más de una camarera a medio vestir que me encontré hace tiempo en un bar.

Rosie se enfureció. Levantó la mano y le golpeó la mejilla haciéndole echar la cabeza hacia atrás. Antes de que pudiera apartarse, Angelo ya estaba agarrándole la muñeca y atrayéndola hacia sí hasta hacerle inhalar ese característico aroma masculino que siempre le había parecido tan embriagador.

–Si fuera tú, no lo intentaría otra vez.

–Lo siento –murmuró ella, horrorizada ante su falta de autocontrol e incluso más ante el modo en que su cuerpo estaba reaccionando a su proximidad. Intentó liberarse la muñeca de la banda de acero que eran sus dedos y él, con la misma rapidez con que la había agarrado, la soltó–. Es que no me gusta que me llamen cazafortunas. No estoy aquí para ver qué puedo sacarte, Angelo. Creerás que estoy loca si por un segundo has pensado que...

–Quien ha sido oportunista alguna vez, siempre lo es.

–Ya te he dicho que...

–Sí, ya me lo has dicho. Me sé todo esto muy bien, Rosie, y no pienso pasar por ello otra vez –esbozó una cínica sonrisa. Incluso después de todo ese tiempo y con suficiente odio y rencor dirigidos a la mujer que tenía delante como para hundir un barco, Angelo seguía sin poder apartar la mirada de su cara, al igual que le había costado controlar su reacción cuando había vuelto a sentir su suave cuerpo contra el suyo.

–Angelo, no he venido aquí a discutir contigo.

—Muy bien —él se encogió de hombros en un gesto que a ella le resultó exóticamente extraño y típicamente sexy.

Desde el mismo instante en que lo había mirado, se había quedado atónita. Llevaba aproximadamente un año trabajando en Londres y sirviendo copas en un exclusivo club para miembros ricachones, la mayoría de los cuales eran hombres casados que o estaban teniendo aventuras ilícitas o intentándolo. Ni siquiera en la vivienda de protección oficial donde se había criado había tenido que esquivar tantas insinuaciones.

No era exactamente con lo que había soñado cuando había dejado atrás su vida de oportunidades y esperanzas limitadas. Se había hecho ilusiones de trabajar en uno de los restaurantes de clase alta de la ciudad empezando desde abajo y subiendo poco a poco hasta poder tener su propio catering. Le encantaba cocinar y se le daba muy bien, pero todos los grandes restaurantes la habían rechazado. «¿Tienes algún título? ¿Has estudiado en alguna escuela de cocina? ¿No? Vaya... lo siento. No nos llames, te llamaremos nosotros si surge algo...».

Así que había terminado ligera de ropa y sirviendo bebidas muy caras a empresarios con sobrepeso. Su increíble físico le había asegurado unos ingresos generosos y, ¿qué elección había tenido? Había necesitado el dinero. Y entonces una noche había mirado al otro lado de la sala y lo había visto allí: Angelo di Capua. Más de un metro noventa de puro macho alfa rodeado de seis ejecutivos bien vestidos con cara de aburridos. En aquel momento no lo supo, pero fue en ese mismo instante cuando su destino quedó sellado.

Salió del mundo de los recuerdos y se encontró a Angelo mirándola con unos ojos tan fríos como el aire que atravesaba todas sus capas de ropa.

–¿Quieres ir de amable? –le lanzó una sonrisa que hizo que un cosquilleo le recorriera la espalda–. Pues entonces vamos a jugar a ese juego. ¿A qué te has dedicado los últimos años? ¿Sigues rastreando bares en busca de hombres ricos?

–Yo nunca he hecho eso.

–Hay tantas cosas en las que no estamos de acuerdo... –pero no siempre había sido así. Antes de que todo se derrumbara, la había considerado lo mejor que le había pasado en la vida. Ahora solo pensar en ello hacía que algo muy dentro de él se retorciera de dolor.

–Hace... hace tiempo que no trabajo de camarera –le dijo Rosie, decidida a mantener la conversación lo más educada y distante posible. Sabía que lo que tenía que hacer era marcharse, alejarse, pero no podía luchar contra esa parte tan cobarde de ella que quería estar un rato más en su compañía porque, le gustara o no, seguía atrapada por él–. Es más, hace un par de años terminé la carrera de Hostelería y desde entonces estoy cocinando en uno de los mejores restaurantes de Londres. Es un trabajo complicado, me gusta mucho.

–No te imagino sin llamar la atención. Y tampoco puedo imaginarte renunciando a un lucrativo estilo de vida de generosas propinas para ganar menos.

Rosie se sonrojó.

–No me importa si te lo puedes imaginar o no. Es la verdad. Sabes que siempre quise entrar en el negocio de la gastronomía.

–Hace mucho tiempo que dejé de creer lo que creía que sabía de ti. Pero tienes razón. ¿Quién quiere perder el tiempo riñendo por una vieja historia que ahora carece de relevancia? Cambiemos de tema. ¿Has logrado cazar ya a algún pobre hombre? No me puedo creer que sigas soltera después de tanto tiempo.

Angelo no tenía ni idea de qué le había impulsado a hacer esa pregunta, pero ¿por qué luchar contra la verdad? Era algo que llevaba años preguntándose. No le gustaba ser tan curioso, y menos sobre una mujer a la que había eliminado de su vida de un modo tan radical, pero esa pregunta había circulado por su flujo sanguíneo como un virus, pernicioso y resistente al paso del tiempo.

Rosie se quedó paralizada. Podía sentir la repentina y fría humedad del sudor.

—Sigo soltera —intentó reírse, pero le salió una risa nerviosa.

Angelo la miró atentamente con la cabeza ladeada. Hacía años que no la veía y, aun así, era como si aún pudiera captar los matices de su voz, las ligeras pausas y las pequeñas dudas que siempre eran una indicación de qué pasaba por su cabeza. Así que había un hombre en su vida. Apretó los labios mientras el silencio que los envolvía era roto por las voces de la gente que esperaba para entrar en el crematorio.

—¿Y por qué será que no me lo creo? —le preguntó en voz baja—. ¿Por qué mientes, Rosie? ¿Crees que me importa lo que esté pasando en tu vida?

—Sé que no. Y no es asunto tuyo si tengo o no alguien en mi vida —se vio tentada a hablarle de Ian, a fingir que existía alguien importante en su vida, pero no fue capaz de mentir. En realidad, solo pensar en Ian le dio náuseas—. Debería irme —dijo con cierto tono de desesperación. Dio dos pasos atrás y estuvo a punto de tropezarse. Ya no estaba acostumbrada a llevar tacones.

—Buena idea. Así podremos ponerle punto y final a esto de fingir que nos interesa la vida del otro —Angelo se giró bruscamente, pero no pudo moverse de allí porque se topó con el grupo que había asistido a la incineración y que en ese momento estaba dividiéndose.

Rosie suponía que irían al pub en el que habían quedado. Vio que Lizzy se despedía de ella con la mano y se preguntó qué estaría pensando la mujer: que una amiga había aparecido después de una ausencia de tres años y ahora se largaba con el marido de la difunta.

Apenas había prestado atención a nadie de los que estaban allí, pero ahora se daba cuenta de que ese hombre bajo y corpulento que los estaba mirando también había estado dentro en la primera fila. Intentó mantenerse firme, igual que Angelo que, una vez más, estaba mirando el reloj.

—Foreman.

Angelo saludó al hombre secamente antes de girarse con reticencia a hacer las presentaciones.

Al parecer, James Foreman era abogado.

—Nada del otro mundo —dijo James extendiendo la mano hacia Rosie—. Tengo un pequeño bufete cerca de Twickenham. ¡Vaya! Qué frío hace aquí fuera, ¿eh? Aunque, claro, ¿qué vamos a esperar estando a mediados de febrero? —de pronto pareció recordar que estaba en un funeral y cambió el tono—. Es una pena terrible todo esto. Una pena terrible.

—La señorita Tom tiene un poco de prisa, Foreman.

Rosie asintió.

—Sí, me temo que no podré ir al pub. He venido desde East London y tengo que ponerme en camino ya.

—¡Por supuesto, por supuesto! Pero necesito hablarles de algo a los dos —James miró a su alrededor, como si buscara un lugar apropiado para hacerlo. Rosie estaba tremendamente confundida. Lo que más quería era marcharse. Había sido un error volver a ver a Angelo. Esa parte de su vida era un capítulo que debía cerrar firmemente, pero ir allí lo había reabierto y ahora sabía que ese breve y amargo encuentro permanecería en su mente durante semanas.

–¿De qué va todo esto, Foreman? –preguntó Angelo.

–Ha sido un golpe de suerte encontrarles a los dos aquí. Por supuesto, sabía que usted estaría aquí, señor Di Capua, pero... Señorita Tom, esto me ha ahorrado mucho tiempo buscándola... aunque tampoco me habría sido difícil. Forma parte de mi trabajo.

–Al grano, Foreman.

–Se trata de un testamento.

Rosie no tenía ni idea de qué tenía eso que ver con ella. Lo que sí sabía, sin embargo, era que cuanto más tiempo pasaba allí, más frío tenía. Miró a Angelo, esas duras y hermosas líneas de su rostro.

La última conversación que habían tenido seguía grabada en su cerebro. La frialdad de sus ojos, el desprecio de su voz cuando le había dicho que no quería saber nada más de ella. Llevaban casi un año saliendo, había sido el año más maravilloso de toda su vida y no había dejado de asombrarse por el hombre tan fantástico, rico y sofisticado que había ido tras ella. Él le había dicho que en cuanto la había visto la había deseado y que era un hombre que siempre conseguía lo que quería. No había duda de que la había conseguido y ella había estado encantada por ello.

Por supuesto, en realidad las cosas no habían sido tan halagüeñas. ¿Cómo no se había dado cuenta de que, mientras se entusiasmaba con el amor de su vida, su mejor amiga había estado ocupada acumulando celos y resentimiento que algún día acabarían generando la historia de terror de la que ninguno había salido ileso?

Mientras el pasado amenazaba con abrumarla, James Foreman seguía hablando en voz baja y llevándolos hacia el aparcamiento que estaba sumido en la oscuridad.

—Espere un minuto —Rosie se detuvo en seco—. No sé qué está pasando aquí y no me importa. Tengo que volver a casa.

—¿Es que no has oído nada de lo que ha dicho Foreman?

—Amanda ha dejado testamento y no entiendo qué tiene que ver eso conmigo. Hacía tres años que no la veía. Discutimos, señor Foreman. Amanda y yo éramos amigas, pero pasó algo. He venido aquí solo porque lamentaba cómo habían terminado las cosas entre las dos.

—Sé lo de la pelea, querida.

—¿Lo sabe? ¿Cómo?

—Su amiga...

—Examiga.

—Su examiga era una joven muy vulnerable y confundida. Vino a verme cuando... eh... estaba pasando por ciertas dificultades.

—¿Dificultades? ¿Qué dificultades? —Rosie se rio amargamente. Mandy había jugado bien sus cartas y había conseguido exactamente lo que había querido: Angelo di Capua. «Todo vale en el amor y en la guerra», había dicho una vez cuando tenían quince años. Y Rosie había podido comprobar lo mucho que su supuesta amiga se había ceñido a ese lema.

—No me corresponde hablar de ello en este momento. Miren, ¿por qué no tomamos algo en un restaurante que conozco no muy lejos de aquí? A estas horas debería estar tranquilo y les ahorraría el incordio de tener que ir a mi despacho por la mañana. Mi coche está en el aparcamiento, así que podríamos ir ahora mismo. Señor Di Capua, ¿tal vez su chófer podría ir a recogerlo en una hora aproximadamente?

Rosie oyó a Angelo chasquear la lengua con impaciencia antes de encogerse de hombros, hacer una breve llamada telefónica y subir al asiento del copiloto dejando que ella se sentara atrás. Se sintió como si no tuviera más elección que rendirse ante el desarrollo de los acontecimientos. El corto trayecto se realizó en silencio y veinte minutos después ya estaban en un restaurante que, tal como había dicho James Foreman, estaba prácticamente vacío.

–Me cuesta creer que Amanda haya dejado testamento –dijo Angelo en cuanto se sentaron–. No tenía a nadie en su vida. Al menos, nadie que importara.

–Pues le sorprendería –murmuró James Foreman mirándolos a los dos.

–¿A qué dificultades se refería antes? –preguntó Rosie. A su lado, la mano de Angelo sobre la mesa le suscitó recuerdos de cómo habían sido las cosas entre ellos en el pasado.

–Su amiga era una joven muy emocional que arrastraba cargas a las que le costaba enfrentarse. Vino a verme por una propiedad. Creo que usted sabe de qué propiedad hablo, señor Di Capua: una casita de campo en Cornualles –se giró hacia Rosie con una cálida sonrisa–. Entiendo los problemas que tuvieron. A lo largo de los años entablé una fuerte relación con su amiga. Era un alma necesitada y me convertí en una especie de figura paternal para ella. Mi esposa y yo la invitamos a cenar a casa en muchas ocasiones e hicimos todo lo que pudimos por aconsejarla sobre...

–¿Vamos a llegar al fondo del asunto en algún momento, Foreman?

–El fondo del asunto es que la casita de campo era

la posesión más preciada de su esposa, señor Di Capua. Allí encontraba refugio.

–¿Refugio de qué? –intervino Rosie. Miró a Angelo
y vio que se estaba enfureciendo.

–No estamos aquí para hablar de mi matrimonio
–contestó mirándola con una frialdad que la dejó atónita–. Entonces resulta que iba mucho a la casa de
campo.

–Y le pertenecía en su totalidad junto con los acres
que la rodean. Recordará, señor, que poco después de
que se casaran ella insistió en que se la diera para poder sentirse segura allí y saber que nadie se la podría
arrebatar jamás.

–Lo recuerdo –contestó Angelo secamente–. Accedí porque yo tenía en propiedad la casa situada al
lado. Así podía tenerla vigilada.

–¿Vigilada? ¿Y por qué ibas a querer tenerla vigilada, Angelo?

–Porque sí –la miró de nuevo y, una vez más, sintió
esa caótica y abrasadora emoción que superaba todo
lo que había sentido en los últimos años porque, por lo
que podía recordar, llevaba años completamente
muerto por dentro–. Amanda tenía problemas con el
alcohol. Le gustaba la casita porque quería paz y tranquilidad. Por otro lado, con su gusto por la botella, no
podía dejar que se quedara allí sin algún tipo de super-
visión. Ella no sabía que la casa de al lado era mía.
Siempre me aseguré de tener a alguien por allí para ver
cómo se encontraba.

–No me puedo creer que empezara a beber. Siempre estuvo muy segura de que no quería pasar por eso.

–¿Es esa una forma rebuscada de preguntarme si fui
yo el que la incitó a beber?

–¡Por supuesto que no!

–Porque no tienes derecho a recibir ningún tipo de explicación por mi parte. Hace tres años rompiste todo vínculo y perdiste el derecho a opinar.

Rosie se sonrojó. Olvidó que tenían público. Solo era consciente de Angelo y de cómo la miraba con esa profunda y oscura hostilidad.

–Olvidas que ni siquiera quiero estar aquí. ¿Por qué iba a querer? ¿Por qué iba a querer pasar más tiempo del necesario en tu compañía?

James Foreman carraspeó y Angelo dejó de mirarla.

–La casita. Al grano de una vez.

–Le ha dejado la casita de campo a usted, señorita Tom.

–¡No sea ridículo! –gritó Angelo antes de que Rosie tuviera tiempo de asimilar lo que le habían dicho. Plantó las manos en la mesa y se inclinó hacia delante en un gesto intimidatorio haciendo que el abogado se echara atrás con una sonrisa de disculpa.

–Todo está en regla, señor Di Capua. Amanda le dejó la casa a su amiga.

–¿Y por qué iba a hacer algo así? –preguntó Rosie perpleja.

–Antes de que empieces a hacerte ilusiones –le dijo Angelo apretando los dientes y mirándola fijamente–, por encima de mi cadáver cruzarás el umbral de esa puerta –se sentó de nuevo para mirar al abogado, que estaba manteniendo el tipo al no dejarse apabullar por el furioso Angelo. Cualquier otro hombre ya habría salido corriendo.

–Me temo que no hay nada que pueda hacer para evitar que la señorita Tom acepte lo que se le ha dejado en testamento –dijo James Foreman con el mismo tono de disculpa y, mirando a Rosie con amabilidad, añadió–: Pasara lo que pasara entre las dos, querida, ella se arrepentía.

–No se me ocurriría aceptar nada que Amanda me haya dejado, señor Foreman.

–¡Vaya, aleluya! –exclamó Angelo alzando los brazos en un gesto de pura satisfacción–. Por una vez estamos de acuerdo en algo. Ahora que esta payasada ha llegado a su fin, los dos podrían arreglar los papeles para asegurarse de que la señorita Tom renuncie a cualquier derecho que crea tener sobre mi propiedad. Y, ahora, si hemos terminado...

–Siempre ha querido tener un catering, ¿no es así, señorita Tom?

Rosie asintió. Estaba en estado de shock.

–¿Cómo lo sabía?

–Amanda la seguía de cerca sin que usted lo supiera, espero –Foreman se encogió de hombros–. Con Internet y las redes sociales es prácticamente imposible ser anónimo hoy en día. En cualquier caso, me imagino que querrá saber a qué viene este legado. Por supuesto, usted ha de hacer lo que le dicte el corazón, pero Amanda empezó a cultivar la tierra que rodea la casa y, si no me equivoco, hay bastante.

–¡Esta conversación no va a ninguna parte! –insistió Angelo sacudiendo la mano.

–Es mi deber explicar las circunstancias de este testamento –murmuró el abogado sin dejar de mirar a Rosie–. Amanda planificó cómo debía distribuirse la tierra y qué cultivar en ella.

–Pero ella no sabía que... No podía predecir...

–Creo que en el fondo sabía que no estaba destinada a una vida larga. También creo que estaba reuniendo el valor de contactar con usted para cederle la tierra, pero el destino se interpuso en su camino.

–Esto es demasiado –apuntó Rosie asombrada–. Tal vez... tal vez debería ir a ver la casa –al menos aunque fuera para visitar el lugar que, la que una vez había sido su gran amiga, había considerado su refugio. Tal vez, más que haber ido a la capilla, visitar esa casa sería el mejor modo de presentar sus respetos–. Sí –decidió, aunque no se atrevió a mirar a Angelo, sentado sumido en un silencio que resultaba más amenazante que cualquier palabra–. Sí, señor Foreman, creo que me gustaría mucho ver esa casa.

Capítulo 2

ESTÁS perdiendo el tiempo –le dijo Angelo en cuanto el abogado se metió en su coche–. ¿Te presentas aquí como salida de la nada y de pronto te crees que eres una ricachona propietaria de una casa?

Rosie lo miró. Era uno de los pocos hombres que destacaban sobre ella incluso cuando llevaba tacones. En un momento de su vida eso la hizo sentirse muy femenina y protegida, pero ahora la hacía sentirse intimidada.

–No me creo nada de eso.

–¿No? Bueno, pues has pasado muy rápido de no querer tener nada que ver con una herencia dudosa a informarnos de que querías visitar la propiedad.

En ese momento su lujoso coche conducido por un chófer se detuvo a su lado. Cuando Rosie hizo intención de girarse hacia la estación, Angelo se puso delante bloqueándole el paso.

–No tan deprisa.

–Tengo que volver.

–¿En serio? ¿Con quién?

–No hay nada de qué hablar, Angelo.

–Hay muchísimo de qué hablar y no hemos hecho más que empezar. Sube al coche –abrió la puerta y se colocó de tal modo que no le dejó más opción que entrar en el largo y potente coche. El motor rugía suavemente mientras George, el hombre con el que tanto se había reído en el pasado, miraba al frente con una vacía expresión.

Cuando sus ojos se encontraron, Rosie fue la primera en apartar la mirada y se metió en el coche encogiéndose de hombros.

—Dime tu dirección. ¿Dónde vives?

—No tienes por qué molestarte. Me viene bien que me dejéis en la estación.

—No has respondido a mi pregunta.

Rosie le dio su dirección con brusquedad y se recostó en el asiento mientras Angelo le daba instrucciones al chófer y cerraba la pantalla que separaba las dos zonas del coche. Ella podía sentir un calor recorriéndole el cuerpo y, aunque controlaba su voz, era lo único que podía controlar. El corazón le palpitaba como una taladradora mientras intentaba aclararse las ideas.

Allí estaba, ¡otra vez en su coche! Con la diferencia de que ahora los viejos días se habían perdido en el tiempo y habían quedado sustituidos por un presente que resultaba amenazante.

—Venga, deja de hacerte la inocente. Nos conocemos demasiado bien. ¿Sabías algo de esto antes de venir aquí? Cuando te marchaste pensé que no tenías nada que ver con Amanda, pero tal vez me equivocaba.

—¡No, claro que no sabía nada de esa casa! Y Mandy y yo no hablábamos desde... Bueno, desde... —miró a otro lado por un momento incapaz de hablar cuando las circunstancias del pasado amenazaron con abrumarla.

Recordó el horror de la última vez que Angelo y ella se habían visto, cuando había llegado deseando verlo, tan emocionada como siempre porque los breves periodos que pasaban separados siempre se le hacían una eternidad. Él le había abierto la puerta e inmediatamente ella había sabido que pasaba algo. Su sonrisa se había desvanecido y se había quedado allí en la puerta de la impresionante casa de Chelsea donde ya no era una visita bienvenida, ni su amante, sino una mujer rechazada. Lo había sabido incluso antes de que él dijera nada.

Y lo cierto fue que dijo muy poco. No hizo falta más. Solo tuvo que mostrarle todos esos condenados recibos de la casa de empeño para que ella supiera exactamente lo que pasaba.

Su magnífica relación había terminado con él creyendo que era una cazafortunas barata que lo había engatusado para conseguir grandes sumas de dinero aprovechando que era un generoso amante. Angelo había visto las pruebas de su avaricia con las joyas que había vendido y esas pruebas se las había proporcionado la que una vez fue su mejor amiga y que ahora había actuado en su contra.

¿Debía sorprenderla que la mirara como si fuera una rastrera al preguntarle si había sabido de la existencia de una casa que pudiera tener algún valor?

Rosie respiró hondo. Se sentía mareada.

—Eso no va a pasar —la informó con frialdad—. Tú. La casa de campo. Olvídalo. Y mírame cuando te hablo.

—No tienes ningún derecho a decirme lo que debo hacer —replicó ella, pero aun así lo miró.

—Amanda y yo no estábamos divorciados cuando murió. Te llevaré a los tribunales si intentas poner tus garras sobre un solo centímetro cuadrado de ese lugar.

—Yo nunca he dicho que vaya a... —aunque una casita en el campo, lejos de la rutina de la ciudad, lejos de Ian, un hombre al que había conocido seis meses antes cuando había decidido que ya era suficiente, que había llegado el momento de unirse a los vivos... Un hombre que se había negado a aceptar un «no» por respuesta, que había intentado forzarla, que se había convertido en un acosador silencioso y aterrador.

Y un refugio alejado de todo eso de pronto se le presentaba como maná caído del cielo.

—Entonces, ¿por qué no intentas justificar tu repentina decisión de ir a verla?

—Puede que me parezca un buen lugar para despedirme de Mandy —le dijo con pesar, y él soltó otra carcajada, igual que había hecho dentro de la capilla.

—¿Así que de pronto te has puesto sentimental?

—¿Por qué te importa si voy o no a esa casa? ¿Por qué te importa si decido que podría ser un lugar donde vivir?

—Porque está en mis tierras.

—El señor Foreman ha dicho que tenía tierras y que Mandy las había estado cultivando.

—Ah, así que estabas prestando mucha atención incluso cuando decías que no querías nada de Amanda —¿qué se podía esperar? Esa mujer parecía un ángel y hablaba con una voz dulce y melosa, pero él la conocía muy bien. Le recorrió el cuerpo con la mirada. Llevaba el abrigo abierto y podía distinguir un ajustado vestido negro debajo. Por un instante recordó la longitud de sus piernas entrelazadas con las suyas, tan claras como bronceadas eran las suyas; sus pequeños pechos de los que ella se había quejado tanto, pero que eran perfectos, perfectos para sus manos, perfectos para su boca...

Se sacó esos pensamientos de la cabeza porque ya no pintaban nada en su vida.

—Si Mandy me ha dejado esa casita con la tierra, ¿por qué no iba a aceptarla?

–¡Por fin! Un poco de sinceridad. Resulta mucho más sano que la cara de pena y las palabras melosas. Si ese testamento es tan legal como dice Foreman, recibirás una gran recompensa si renuncias a ella. Y como los dos sabemos, a ti el dinero te importa mucho –esbozó una escalofriante sonrisa.

¿Qué diría si ella decidía tomar represalias?, pensó Rosie. Aunque sabía que nunca lo haría. Tal vez una parte de ella no podría enfrentarse a la fealdad de la verdad y al hecho de que mientras había estado con ella también había estado viéndose con Mandy. Tal vez era algo que no quería que él le confirmara jamás. Demasiada verdad tampoco era buena.

–Por eso le conté lo de todas las cosas que habías vendido –le había dicho Mandy–. Estaba buscando una excusa para romper contigo, así que se la di y la tomó. ¡La verdad es que ni se lo pensó dos veces! Qué tonta fuiste al pensar que era tu caballero de la brillante armadura. La gente como nosotras no tiene esas cosas, Rosie. La gente como nosotras y Jack se queda con las sobras. Angelo no estaba haciendo otra cosa que darte falsas esperanzas mientras estaba conmigo a tus espaldas. Deberías darme las gracias por haberte librado de él. Nunca habrías sido lo suficientemente fuerte como para enfrentarte a él.

¿Y cómo no iba a creerla Rosie cuando, un mes después, se había celebrado una boda?

Y ahora, ¿quería empezar una discusión? ¿Quería oírlo decir exactamente lo poco que había significado para él? El pasado era el pasado y reabrir viejas heridas solo le haría daño mientras que Angelo se quedaría tan tranquilo.

Y si él nunca llegaba a saber adónde había ido ese dinero, mejor. Esa también era una historia envuelta en sentimientos de culpabilidad sobre la que no quería hablar.

—¿Qué quieres decir?

—Quiero decir que te recompensaré —le contestó Angelo con dureza.

Angelo no provenía de una familia adinerada. Había llegado donde estaba a base de trabajar mucho en su colegio de Italia donde sacar buenas notas no era la moda y, así, a los dieciséis años había logrado una beca para estudiar en el extranjero.

Su madre lo había animado a aceptarla. Era su único hijo y solo quería que triunfara en la vida. Trabajaba en una tienda y como limpiadora dos noches a la semana. Él, que no quería terminar como ella, había aprovechado la oportunidad y había desafiado a cualquier niño rico a mirarlo por encima del hombro. Se había asegurado de mantenerse centrado y había comprendido que para seguir adelante debía superar a todo el mundo. Tenía que ir por delante de todos los demás. Y lo había hecho en la universidad, aunque habían sido momentos muy duros, ya que su madre había muerto en esa época y él no había estado a su lado.

Había comprendido que las experiencias de la vida te hacían fuerte. Él era una roca, estaba solo en el mundo y decidido a triunfar en honor a su madre. No había sido un chico creído que había nacido con un pan debajo del brazo y al que nadie podía tomar simplemente por una cara bonita. Aunque lo cierto era que había sido así y solo pensarlo le hacía sonrojarse. Rosie Tom lo había encandilado como ninguna otra mujer y hasta le había hecho empezar a replantearse sus prioridades.

—Puedo enviar a alguien mañana para tasarla y pasado mañana te daré un cheque por su valor.

–¿Es que guarda algún valor sentimental para ti?

–No sé de qué hablas.

–¿Te sientes unido a ese lugar porque era un sitio que ella amaba? Sé que a veces una persona puede sentirse impotente cuando tiene una relación con alguien alcohólico.

–Has estado tres años lejos de aquí y ahora te crees una aspirante a psicóloga. Cíñete a la hostelería, Rosie, o a la cocina, o a lo que sea que hagas.

–No me creo nada. Solo tenía curiosidad por...

–¿Por lo que pasó una vez saliste de escena y cayó el telón? La verdad es que no me importaría reunir algo de información. Dime cuándo piensas ir a ver la casa.

–¿Por qué lo preguntas?

Así que no habría confidencias. Eso era lo que quedaba entre ellos: amargura y desdén. Y sí, eso podía hacer que las cosas fueran más fáciles, pero le dolía pensar hasta dónde habían llegado.

–Porque quiero asegurarme de estar allí también.

–¿Para qué? –se quedó boquiabierta al plantearse tener que volver a verlo y enfrentarse de nuevo a todas esas emociones–. Puedo hacerte llegar mi decisión a través del señor Foreman. Si decido que no quiero la casa, entonces seguro que será el primero en comunicártelo. O a lo mejor es que quieres asegurarte de que allí no haya nada que te pertenezca.

–La verdad es que no había pensado en eso, pero ahora que lo dices, merecería la pena hacerlo.

El trayecto había llegado a su fin y él ni siquiera se había enterado. Ahora estaban delante de una casa adosada cercada claustrofóbicamente por una extensión de casas idénticas a cada lado.

–Eso es terrible...

—Si te das por aludida... —el coche se había detenido—. Vaya, veo que invertir no formaba parte del gran plan cuando empeñaste las joyas, porque no me puedo imaginar que este sitio pueda llegar a convertirse nunca en un lugar prometedor y con posibilidades.

Rosie se sonrojó y se detuvo justo antes de abrir la puerta.

—No es mío, estoy de alquiler, y preferiría no ahondar en el pasado. Quiero decir, todo queda atrás y ambos hemos seguido con nuestras vidas —pensó en Jack y en la culpabilidad que la había perseguido tanto tiempo. No había dudado en empeñar las joyas a pesar de que, en otro momento y otro lugar, la idea de vender regalos que le había hecho el hombre del que se había enamorado le habría resultado insoportable.

Sabía que Angelo la detestaba por lo que había hecho. ¿Cuánto más la habría detestado si hubiera conocido toda la historia?

—Así que, en otras palabras, la casita sería una oportunidad fantástica para ti, no tendrías que pagar alquiler ni tener una hipoteca. No me sorprende que estés tan desesperada por dejar atrás el pasado.

Rosie lo miró: estaba apoyado indolentemente contra la puerta del coche, como un peligroso depredador al acecho divirtiéndose con su presa que se le había escapado en otra ocasión. Tenía la sensación de que si hacía un movimiento equivocado, él la atacaría, y expresar interés en esa casita que él consideraba suya, sin duda, era una provocación.

Independientemente de lo que hubiera pasado en su matrimonio, porque seguro que había pasado algo que había hecho que Amanda se volcara de lleno en la bebida, allí estaban ahora y quedaba claro que el pasado no estaba olvidado.

–Solo quiero echar un vistazo.

–Como te he dicho, espero que me informes en cuanto decidas ir allí. Te daré mi número privado. Utilízalo.

–¿Y si prefiero no hacerlo? –le desafió.

–Una advertencia: ni se te ocurra.

Rosie se pasó la siguiente semana preguntándose muy seriamente si debería ir sola. James Foreman se había vuelto a poner en contacto con ella: tenía muchos papeles que firmar y tendrían que verse porque había cosas que hablar.

Aún tensa y preocupada después de haber visto a Angelo y de verse sometida a la fuerza de su odio, además de dolida por su advertencia de que renunciara a la casa, Rosie pospuso el encuentro. Ya no sabía qué hacer. Londres no se había convertido en un lugar de ensueño, pero era su hogar para bien o para mal. ¿Podía sacrificarlo solo porque se encontrara en una situación difícil? Las situaciones difíciles no duraban para siempre.

¿Y cómo de ético sería aceptar algo de una mujer a la que había estado intentando perdonar durante tres años? ¿Cómo sería de hipócrita pasar por alto las circunstancias en que se había roto su amistad para aceptar una oferta porque en ese momento le resultaba ventajoso? El abogado había insinuado que Amanda estaba arrepentida, pero ¿podría eso justificar el hecho de aceptar ese obsequio?

Al final, Ian la hizo decidirse.

Sus llamadas conteniendo amenazas apenas veladas, ese bombardeo de mensajes...

Rosie había ido a la policía hacía mucho tiempo y

solo le habían dicho que no se podía hacer nada, ya que no se había cometido ningún delito. Sin posibilidad de obtener una orden judicial en su contra, intentó ignorar sus conatos de entrometerse en su vida. No era una niña. Era una adulta. Podía enfrentarse a ese perdedor que no aceptaba un «no» por respuesta. ¡Se había enfrentado a cosas peores siendo más pequeña! Él no era nadie comparado con todos esos cretinos que habían intentado amargarle la vida donde había crecido. Ser atractiva nunca había jugado en su favor, pero había aprendido a defenderse de los chicos que la habían agobiado con silbidos y dando vueltas con sus bicis a su alrededor, y ahora también podría con Ian.

Sin embargo, al volver a su casa un viernes dos semanas después del funeral, Rosie abrió la puerta y al instante supo que algo iba mal. Era muy tarde y todas las luces estaban apagadas, lo que indicaba que alguien estaba o había estado dentro de la casa. Siempre se dejaba la luz del vestíbulo encendida durante el invierno porque creaba la ilusión de un hogar y disipaba la realidad de un lugar tan poco acogedor como una cárcel.

Con una mano en el móvil, registró la casa. Al mínimo rastro de un intruso no habría dudado en llamar a la policía, pero después de asegurarse de que la casa estaba vacía, descubrió que no podía respirar aliviada porque, sin duda, alguien había estado dentro y no tardó en descubrir su identidad: junto al tostador de la cocina, Ian había dejado una nota informándola muy cariñosamente de lo maravilloso que había sido poder ver por fin su casa por dentro y de que esperaba volver pronto, tal vez cuando ella estuviera allí para poder resolver sus estúpidas diferencias.

Con el corazón acelerado, Rosie buscó en su agenda y marcó el teléfono que buscaba. No se lo pensó dos veces. ¿Sería porque los viejos hábitos nunca mueren? En otro tiempo, Angelo había sido su roca. Ahora era su enemigo declarado, pero ¿quedaría dentro de ella algún sentimiento que la hacía recurrir a él si se veía amenazada?

Angelo respondió al segundo. Eran más de las diez y media de la noche, pero seguía trabajando, aunque se encontraba en su casa de Londres. Al ver la llamada, se apartó de su escritorio y se impulsó en su silla hasta el cuadro abstracto que dominaba gran parte de la pared de la impresionante habitación que había convertido en su estudio. Había pagado una suma de dinero ridículamente grande por él, aunque no podía recordar la última vez que se había detenido a contemplarlo.

Se dio cuenta de que llevaba tiempo esperando esa llamada, porque una cazafortunas como ella, que vivía en un cuchitril y de pronto se topaba con una casita de campo, no perdería el tiempo. Sin embargo, los días habían pasado sin tener noticias suyas y él se había visto deseando oír su pobre justificación para aceptar lo que le habían puesto en bandeja. Mejor dicho, lo que había estado deseando era la placentera posibilidad de asegurarse de que no consiguiera lo que quería y, si para ello tenía que desprenderse de dinero, con mucho gusto le firmaría un cheque.

–Vaya, pero si es Rosie Tom –dijo mirando al cuadro, aunque en realidad lo que estaba viendo era la perfección de un rostro ovalado, de una boca carnosa que se dividía en una brillante sonrisa; de unos ojos que habían hecho que algo se derritiera en su interior, de un cuerpo que lo había vuelto loco de deseo.

–Siento mucho molestarte. Sé que es viernes y que seguro que has salido...

–Antes de que sigas perdiendo el tiempo con un largo e inútil discurso, dime lo que quieras decirme.

O, mejor aún, ¿te digo yo lo que me quieres decir? ¿Te ahorro la molestia? Lo has pensado mucho y has decidido que no puedes resistir la tentación de aceptar lo que te han ofrecido.

—Yo... —pensó en Ian encontrando el modo de entrar en su casa. No tenía alarma ni posibilidad de que su tacaño casero pusiera alguna algún día. Le temblaba la voz y respiró hondo, intentando calmarse, pero como alguien sintiendo de pronto la réplica de un terrible desastre su cuerpo comenzó a temblar y tuvo que sentarse en el sofá.

Angelo, que estaba recostado en la silla, se echó hacia delante y frunció el ceño. ¿Estaría bien? Por un segundo habría jurado que Rosie iba a echarse a llorar, pero entonces recordó que era la mujer que había logrado tenerlo engañado durante meses.

—Es tarde, Rosie, y estoy ocupado. ¿Por qué no vas directa al grano? ¿Tengo razón?

—Voy a ver si puedo contactar con el señor Foreman mañana. Seguro que no le importará que tenga la llave de la casa. Yo... yo... —de nuevo, casi se le quebró la voz y tuvo que respirar hondo para recomponerse.

—¿Qué te pasa, Rosie?

—¿Qué quieres decir? No sé de qué estás hablando.

—¿Por qué llamas ahora? ¿No es una llamada que podría haber esperado hasta mañana?

—Lo siento. Me he llevado un susto... No estaba pensando con claridad. Tienes razón, debería haber esperado para llamarte a una hora más conveniente. Olvida que he llamado. Cuando hable con el abogado y tenga las llaves, te llamaré. Sé que tienes un interés personal en la casa y, después de todo, me parece bien que quieras estar allí por si encuentro algo de valor que no entre en ese estúpido testamento.

—¿Qué susto? —Angelo contuvo unas ganas apremiantes de ver su cara. Siempre había podido saber qué le pasaba solo con mirarla a los ojos, aunque se temía que ese era un talento que podría haber perdido.

—No es nada. Bueno, nada que no pueda solucionar.

—No me vale. Explícate.

—¿Por qué iba a hacerlo? ¡Nada de lo que pase en mi vida en este momento es asunto tuyo! —y haría bien en recordarlo. Había corrido a llamarlo porque un primitivo instinto se había apoderado de ella. Solo lo había visto una vez y allí estaba, ¡actuando como una perfecta idiota!

Angelo di Capua era la última persona cuya voz querría oír en un momento de crisis. Jack se habría ofrecido a ir a verla en cuanto le hubiera dicho que Ian había entrado en su casa, pero ¿lo había llamado? No. Al contrario, su cerebro se había tomado un descanso y algún loco instinto se había apoderado de ella. Qué excusa más pobre había sido utilizar la casa para llamarlo.

—Iré a la casa de campo en algún momento del fin de semana, probablemente el domingo. Si quieres estar allí, me parece bien. No puedo decirte dónde puedes o no puedes estar, aunque si es mi casa técnicamente, estarías cometiendo un allanamiento de morada —cubrió su muestra de debilidad por haberlo llamado con una virulenta diatriba que no la hizo sentirse nada bien.

—Ah, así mejor. Ahí veo las garras. ¿Has buscado en Internet cuánto podrías sacar por ella?

—Adiós, Angelo. Te veré cuando te vea.

Debería haber llamado a Jack. Jack que, junto con Amanda, había hecho las maletas y había salido de Liverpool antes de que se hicieran demasiado mayores o acabaran demasiado resignados como para luchar contra los carteles de *No hay salida*. Amanda se había convertido en una traidora con tal de conseguir a Angelo, pero Jack había seguido siendo su mejor amigo en las duras y en las maduras. ¿Por qué no lo había llamado a él? Aunque estaba enamoradísimo de su novio, Brian, médico de uno de los grandes hospitales de Londres, se habría metido en el coche sin dudarlo y se habría quedado con ella hasta que se hubiera calmado.

Así que pasó una noche terrible, pendiente de cualquier ruido, preguntándose cómo había logrado Ian adentrarse en su refugio. No tenía llave, solo había salido con él una vez, pero debía de haberla seguido en algún momento para averiguar dónde vivía. Tembló al pensarlo y se preguntó si serviría de algo contactar con la policía. ¿Podrían hacer algo? ¿O volverían a decirle que no se había cometido ningún delito?

Durante esa agitada noche, la idea de marcharse al campo parecía tener cada vez más sentido. Tendría que avisar en el restaurante con antelación, pero existía la posibilidad de que le permitieran marcharse directamente si les explicaba la situación. Se llevaba muy bien con su jefe.

A la mañana siguiente, llamó a Foreman y le dijo que había decidido ir a ver la casita lo antes posible.

–Si puedo, iré hoy –dijo metiendo ropa en su bolsa de viaje–. Sé que es muy precipitado y que debería haberle llamado antes, pero lo he decidido en el último momento.

El abogado le dijo que le parecía una idea excelente y que podía ir a su casa a buscar las llaves, aunque Angelo tenía su propio juego.

–Iré a que me las dé usted –le dijo enseguida–. Le prometí al señor Di Capua que lo avisaría si iba a visitar la casa y lo he hecho. Hablé con él ayer. Por supuesto, es posible que quiera confirmarlo usted mismo.

Para cuando la llamada hubo terminado, habían concertado una hora para la recogida de las llaves.

–Voy a hacerlo –le dijo a Jack por el móvil mientras cerraba la puerta de la casa y pedía un taxi–. Es una larga historia, pero ya no me siento segura en esta casa. Sé que Ian es inofensivo, pero sigue dándome un poco de miedo pensar que... bueno...

Jack hizo lo que se había esperado, le habló con una reconfortante voz, le dijo que le parecía una buena idea y que no debía sentirse culpable por aceptar el regalo de Mandy porque era lo mínimo que podría haber hecho.

–Te destrozó la vida –le dijo indignado y tan leal como siempre.

–O me hizo ver cómo era Angelo de verdad. Nunca me quiso, Jack, porque de lo contrario no me habría sido infiel con mi mejor amiga.

Y a pesar de eso, verlo había hecho que todo su cuerpo se pusiera en alerta.

No hubo nada que Jack pudiera decir a eso, nada que hubiera podido decir nunca. Habían hablado de ello una y otra vez en las semanas siguientes a que la relación se viniera abajo hasta que Rosie había llegado a entender que estaba matando a su amigo de aburrimiento.

–Me hizo un favor –pensó en el odio de su mirada, en esos fabulosos ojos verdes tan sexys y tan inusuales en alguien con su exótica tez oscura.

–Debería haber dejado que le explicaras lo de los recibos de la casa de empeño, Rosie, cariño.

–¿Y por qué iba a hacerlo? No le importaba lo suficiente como para escuchar mi historia. Ya estaba siguiendo con su vida o, mejor dicho, ya lo había hecho –se sintió avergonzada al recordar que encantada habría sacrificado su orgullo y su amor propio y le habría suplicado que la escuchara y la creyera. Pero al final no habría tenido sentido porque se había casado con Amanda.

Se sentía agotada solo de pensarlo. No se podía creer que él estuviera otra vez en su vida decidido a hacerla sufrir del modo que pudiera.

Cuarenta minutos después, con la llave de la casita en el bolso, Rosie se preguntó si tenía fuerzas para enfrentarse a Angelo por una casa que ni siquiera había visto y que podría odiar. De los tres, Mandy siempre había sido la que estaba más decidida a borrar el pasado y actuar como si nunca hubiese sucedido. En cuanto había conocido a Angelo y se había percatado de su riqueza, le había dicho a Rosie que no debía contarle nada de su infancia y su procedencia.

—Un tipo como él que podría tener a cualquiera te dejaría sin pensarlo si descubriera que Jack, tú y yo venimos de un asqueroso barrio de protección oficial del norte. ¿Te imaginas lo que pensaría si supiera que tu padre murió siendo un borracho? ¿Que la madre de tu mejor amiga era una yonqui cumpliendo condena? No volverías a verlo nunca.

Rosie se había reído. No se avergonzaba de su procedencia, a pesar de que había querido escapar de allí tanto como sus amigos. Pero Angelo no había sido un hombre que le hubiera preguntado por su pasado, ni tampoco le había hablado del suyo, más que del hecho de que no tenía hermanos y de que había nacido en una pequeña aldea de Italia. Se habían reído, habían hecho el amor y habían vivido el momento, y ella había olvidado que procedían de dos mundos diferentes porque él la había hecho sentirse como una princesa.

Se compró el mejor billete de tren y sintió una

fuerte emoción cuando salió lentamente de la estación de Paddington. La llave que llevaba en el bolso era como un amuleto de la buena suerte y tuvo que resistir la tentación de rodearla fuertemente con los dedos.

Tuvo que contenerse para no sonreír. No le importaba que Angelo la odiara y quisiera comprarla a cambio de la herencia. Esa era la aventura más maravillosa que había tenido nunca y no se le podría haber presentado en mejor momento. Por eso se aferró a ella con ambas manos. Jack tenía razón: ¿Por qué no? Amanda se había cargado su vida, así que tal vez James Foreman tenía razón, tal vez ese era su modo de arreglar el mal que había hecho.

Sintió cierta aprensión al recordar que Angelo poseía la tierra contigua, pero ya se ocuparía de asimilarlo. No tenían nada que decirse. Una vez que él hubiera aceptado que no podía echarla de su propiedad y que tampoco podía comprarla, se lavaría las manos. ¿No había dicho que quería explotar su tierra de todos modos? Podría hacerlo, convertirla en lo que quisiera, y cuando eso pasara desaparecería una vez más de su vida.

Se recostó en el asiento, cerró los ojos e hizo todo lo que pudo por bloquear la imagen de Angelo que ardía en su retina, tan alto, moreno, peligroso y en busca de venganza.

Capítulo 3

NADA podría haber preparado a Rosie para la casita de ensueño en la que entró.

Durante el trayecto había especulado sobre lo que la estaría esperando al final del viaje. No había sido consciente de lo estresada que había estado los últimos meses, pero cuanta más distancia ponía entre Londres y ella, más relajada se sentía.

Sus horarios en el restaurante eran una locura. Ansiosa por acumular toda la experiencia posible, había trabajado muchísimo, incluso durante los fines de semana, y de manera obsesiva había probado variantes de algunos de los platos que le habían enseñado, siempre intentando transformarlos en algo distinto, algo que le diera la confianza y la seguridad para romper con todo y trabajar por su cuenta.

Su vida social era prácticamente inexistente. Se había acostumbrado tanto a ello que ahora que se alejaba de todo eso era cuando estaba comprendiendo lo insano que había sido su estilo de vida.

Y después estaba Ian, siempre acechando de fondo como una pesadilla. Se había entrenado para ignorar su invisible presencia en su vida y, al menos hasta que él había encontrado el modo de entrar en su casa, había creído firmemente que lo había logrado. Ese tipo había sido un motivo más de agobio e inquietud.

Sin embargo, en cuanto se vio frente a esa casita de

campo, todos sus problemas desaparecieron como por arte de magia.

No era una casa grande, pero lo que le faltaba en espacio lo compensaba con encanto. Rosie se había preguntado cómo de lejos estaría de la mansión de Angelo y si se podría ver en la distancia, imponiendo un aura de permanente amenaza porque, de ser así, sabía que jamás habría sido capaz de quedarse allí.

Pero la verdad era que resultaba imposible incluso ver si la casita estaba cerca de cualquier otra propiedad. Se encontraba separada de la carretera principal, que era poco más que un sendero rural, y estaba bordeada por una valla blanca. Rosie siempre se había imaginado que las vallas blancas eran cosas que solo salían en los cuentos para niños y le encantó ver una de verdad.

Se imaginó que en verano el pequeño jardín delantero sería un derroche de color y que los manzanos que había a cada lado estarían cargados de fruta. Tras la casita, la tierra se extendía hacia los campos y un bosquecillo.

Era idílico. No le extrañaba que Angelo hubiera reaccionado con furia y horror ante la idea de que ella la ocupara.

Con un pequeño suspiro, Rosie entró en la casita. No quería pensar en Angelo. No quería pensar en él dirigiéndose hacia Cornualles como una furia. Aún intentaba recuperarse del efecto que le había producido dos semanas antes cuando lo había visto en el funeral. Ahora solo quería disfrutar de la tranquilidad del entorno y determinar qué dirección tomaría su vida.

Por dentro la casita estaba perfectamente distribuida, pero lo que la cautivó fueron los pequeños toques tan propios de Amanda: la elección de las cortinas, de unos sofás grandes y mullidos y el color de la pintura de las paredes, rosados y amarillos.

Se había preguntado si debería asustarla entrar en una casa que había pertenecido a la que un día fuera su amiga, pero no era así. Fue de habitación en habitación y pensó que, independientemente de cómo hubiera terminado la relación de Angelo y Amanda, ella había logrado conseguir lo que siempre había soñado: un lugar cerca del mar, decorado justo como quería, que era un estilo sacado de las revistas de diseño con las que se les había caído la baba en sus casuchas del barrio de protección oficial.

No se había dado cuenta de cuánto tiempo había pasado vagando por la casita hasta que el estómago le rugió de hambre.

Por supuesto, no se le había ocurrido llevarse nada de comer y, por suerte, la nevera estaba completamente vacía, ya que no pensaba que hubiera podido soportar ver algún rastro de la estancia de su amiga allí. ¿Habrían limpiado todo después de que Amanda muriera? Suponía que sí. Tal vez James Foreman se había ocupado de ello. No lo había dicho, pero parecía esa clase de persona cálida y atenta que se habría asegurado de que alguien se encargara antes de que ella llegara a hacer la visita.

Tendría que salir a comprar, aunque sin coche no tenía ni idea de cómo lo haría, y justo estaba pensando si pedir o no un taxi cuando sonó el timbre de la puerta.

Se quedó paralizada al instante. No podía ser Ian, ¿verdad? Consternada, vio que nunca podría llegar a librarse de él. Por si acaso, fue de puntillas hasta la puerta y echó la cadena sin hacer ruido antes de abrir un poco.

Aunque solo eran las cinco y media, ya había oscurecido y la de allí era una oscuridad sin fondo nada parecida a la de Londres, siempre salpicada por las luces de las farolas.

Quien fuera que había llamado estaba a un lado y no podía verlo. La invadió el pánico. Intentó razonar y se dijo que era imposible que Ian estuviera allí. ¡Era imposible! Por otro lado, ¿no había encontrado el modo de entrar en su casa? Deseó haberse llevado algo de la cocina, un rodillo o una sartén, algo que usar como arma, aunque mientras esos pensamientos pasaban por su cabeza, era consciente de que estaba exagerando.

—Bueno, ¿vas a dejarme pasar o no, Rosie? —hacía tiempo que Angelo no iba a la casa. En realidad, solo había estado allí una vez y fue para valorar las reformas necesarias una vez se la había comprado a Amanda. Nunca había podido entender sus motivos para querer ser propietaria cuando tenía una casa perfecta en Londres a su disposición, aunque, por otro lado, a él nunca le había gustado la vida de campo a pesar de tener su propia mansión allí. Como inversión le había resultado bien, pero nunca habría vivido allí ni aunque le hubieran puesto una pistola en la cabeza. La tenía para celebrar algún que otro evento relacionado con su trabajo y para alojamiento de los mejores empleados tres fines de semana al año como regalo con todos los gastos pagados.

—¿Qué estás haciendo aquí? —Rosie se sorprendió de haber pensado en Ian cuando el candidato más obvio para estar llamando a su puerta era Angelo. Su miedo irracional desapareció para quedar sustituido por otra cosa, una emoción más oscura y peligrosa que hizo que le latiera el corazón de forma irregular. Él había salido de las sombras y ella se sintió estúpidamente abrumada por su poderosa presencia.

—¿No te dije que quería estar aquí cuando decidieras echarle un vistazo a tu ilícito legado? —posó la mano sobre la puerta. Lo cierto era que no había sido necesario ir corriendo a Cornualles, pero en cuanto había oído su voz al otro lado del teléfono, no había tenido elección. Se había enfurecido–. ¿Y a qué viene la cadena? –le preguntó con un fino sarcasmo.

–Deberías haberme avisado de que venías –ella pudo oír su propia voz entrecortada acechando bajo el aire de seguridad que quería aparentar.

–¿Por qué iba a hacerlo cuando se disfruta mucho más del factor sorpresa? Ahora, abre la puerta, Rosie. No quiero pasarme la siguiente hora teniendo una conversación contigo en la puerta de la calle.

Con reticencia, Rosie quitó la cadena y abrió haciéndose a un lado para que él pudiera pasar al vestíbulo. Se quedó con la espalda contra la puerta cerrada observando cómo él miraba a su alrededor.

No sabía qué decir y se preguntó qué estaría pasando por la cabeza de Angelo al ver a la mujer que detestaba en el vestíbulo de una casa que no le pertenecía por derecho y que le había sido entregada en las peores circunstancias posibles por alguien a quien hacía tres años que no veía. No podía apartar la mirada de su hermoso rostro y se sonrojó cuando él terminó de revisar el vestíbulo y la pilló mirándolo.

–Creo que el señor Foreman ha hecho que lo limpien todo –dijo al apartarse de la puerta para ir a la cocina, simplemente porque le temblaban las piernas demasiado como para mantenerse derecha, incluso apoyada contra la puerta.

–Lo he hecho yo. Traje a un equipo de limpieza la semana pasada. Dime, ¿ya te has instalado? Parece que te sientes como en casa, aunque tal vez estoy siendo un poco imaginativo al pensar que debe de ser algo extraño caminar por la casa que perteneció a tu amiga. Mejor dicho, examiga. ¿O tal vez lo hace más fácil el hecho de que fuera una examiga? –se sentó en una de las sillas de la cocina frente a ella y estiró sus largas piernas.

En el funeral ella iba vestida con tonos sombríos, pero en ese momento llevaba un atuendo deportivo, unos vaqueros desteñidos, una sudadera de algodón suelta y unas deportivas. Siempre había optado por un aspecto natural y estaba claro que no había cambiado en eso. Angelo se preguntó si llevaría sujetador y apretó los dientes inquieto ante ese desliz.

–He venido para hablar sobre exonerarte de la propiedad. He hablado con Foreman y el testamento es legal. Aunque lo encuentro inaceptable, eres la propietaria de este lugar y de los seis acres de tierra. Esto ha sido de lo más oportuno; ya no tendrás que machacarte a trabajar en una cocina para llegar a fin de mes. Ya no tendrás que fingir que te gusta pasar calor detrás de un fuego mientras alguien te grita que tienes que darte prisa y sacar las comandas –vio que seguía sonrojándose. Era dura y terca y, aun así, seguía sonrojándose. Impresionante.

–Sé que te enfadarás conmigo, Angelo, pero creo que no quiero venderte esta casa –contuvo el aliento y esperó a que le respondiera, pero Angelo permaneció sentado y en un silencio letal.

–¿Y eso por qué?

Rosie se encogió de hombros y bajó la mirada.

–Creo que me vendría bien marcharme de Londres. Me encanta mi trabajo, pero están sucediendo... un par de cosas.

–Si intentas despertar mi curiosidad para poder ponerte a sollozar por alguna historia, olvídalo. No me interesa. Tengo planes para esta tierra y mis planes no incluyen que tú vivas en ella.

–Si tenías planes, ¿por qué no hablaste con Amanda sobre la propiedad mientras estaba viva? ¿Por qué esperar hasta ahora?

A Angelo lo enfureció que se atreviera a hacerle esa pregunta. Había quedado demostrado que lo único que le interesaba a ella era el dinero. ¿Estaba empleando una táctica brutal con la esperanza de aumentar cualquier trato económico que él pudiera ofrecerle? ¿O pensaba quedarse en esa propiedad hasta que alcanzara su máximo valor? Mirándola nadie se habría imaginado que fuera capaz de semejantes cálculos desalmados, pero él la conocía muy bien.

–Amanda quería este lugar y yo se lo di. A ella no quería intentar quitársela para explotarla, pero contigo es otra historia. Y, seamos sinceros, Rosie, a ti se te puede comprar. La única pregunta es por cuánto.

–Me ofende que digas eso.

–No me hagas reír.

–¿Por qué sigues tan resentido, Angelo? –lo miró a los ojos y le sostuvo la mirada–. Te casaste con Mandy. No es culpa mía que vuestro matrimonio no funcionara. Lo siento, no es asunto mío –se levantó, fue a la nevera y la abrió a pesar de saber que no encontraría nada dentro–. Sé lo que piensas de mí, Angelo. Crees que solo tienes que arrojarme dinero y que entonces haré lo que quieras.

–¿Lo que yo quiera? –una vívida imagen suya en la cama con él recorrió su cabeza con increíble claridad. Se levantó, se giró hacia ella y Rosie lo miró con la sensación de sentirse asfixiada.

¿Qué había querido decir? ¿Creía que se estaba ofreciendo a él?

–No me refería a eso.

–¿No? ¿Seguro? –Angelo se metió las manos en los

bolsillos y se apoyó indolentemente contra la nevera bloqueándole el paso. Estaba disfrutando. Estaba disfrutando jugando con la incitante idea de tenerla, de seducirla y llevarla a la cama, de excitarla hasta el punto de impedirle respirar. De pronto se sintió tan excitado que pudo sentir su erección contra la cremallera del pantalón.

¿Cómo podía ser tan poderoso el deseo hasta el punto de apartar a un lado el odio y seguir su propio camino?

Dio un paso rompiendo esa especie de conexión eléctrica. Pero... ¿qué estaba pasando allí?

–¿No tienes compromisos con la gente con la que trabajas? ¿O los compromisos desaparecen sin más cuando te surge algo mejor?

Salió de la cocina hacia el pequeño salón con vistas al jardín delantero. Sabía que ella lo estaba siguiendo, aunque la moqueta absorbía el sonido de sus pasos.

–Tengo un jefe muy comprensivo –murmuró Rosie quedándose junto a la puerta consciente de lo peligroso que podía ser acercarse a él. Por un segundo, en la cocina había tenido la horrible sensación de que si la hubiera tocado, se habría derretido como la cera junto a una llama ardiendo. ¿Acaso no tenía ni orgullo ni autoestima? ¿Le había estado lanzando algún mensaje subliminal que lo hubiera animado a pensar que seguía deseándolo? ¿O se había imaginado toda la situación y el hecho de que él la mirara como si quisiera poseerla?–. No he tenido oportunidad... –intentó serenarse para no sonar tan fuera de control como se sentía– de mirar fuera, pero si pudiera cultivar la tierra lo intentaré y me estableceré aquí. Sé que mi jefe tiene muchos contactos por aquí. Seguro que podríamos encontrar una proposición laboral que nos beneficiara a los dos –no podía interpretar la mirada de Angelo, pero sabía que no podía dejar que el pasado se interpusiera ahora. Cuanto antes tomara una decisión, antes él dejaría de intentar hacerle cambiar de opinión y perseguirla para ello.

No podía soportar estar en el mismo sitio que él. Después de tanto tiempo, seguía demasiado vulnerable, incluso a pesar de decirse que era un hombre odioso, que ya no lo amaba, que era lo peor que le había pasado en la vida.

–Así que vas a tener que dejar de intentar sobornarme.

–¿Y qué pasa si no se materializa tu optimista predicción de un negocio de catering? Esta es tu última oportunidad de echarle la zarpa a una cantidad de dinero sustancial. Si la rechazas ahora, no volverás a tenerla. Claro que, siempre podrías vender la casa si te hace falta, pero las cosas están muy mal incluso en este lugar tan bonito. Podrías pasarte meses con un negocio de catering inestable y un montón de administradores aporreando tu puerta.

–Muchas gracias por el voto de confianza, Angelo –hubo un momento en que la habría desalentado por completo, pero decidió no pensar en ello y centrarse en la imagen de Ian y la inquietud con la que llevaba viviendo los últimos meses.

–¿Y no hay más compromisos que tengas que dejar atrás? –murmuró él mirando fijamente su sonrojada cara.

–Supongo que perderé la fianza del alquiler. Mi casero no es que sea la persona más comprensiva del mundo –adiós al dinero que tanto esfuerzo le costaba ganar y hola a deudas y a un préstamo del banco para un negocio que, como él bien había señalado tan elocuentemente, podía derrumbarse a su alrededor dejándola sumida en una pesadilla financiera. Por mucho que hubiera heredado una preciosa casita de campo y que fuera a vivir en ella, no podía decirse exactamente que tuviera una gran cantidad de ingresos disponibles. Había podido ahorrar un poco, pero ¿cuánto le duraría?

¿Y si Angelo decidía ponerle trabas? Era rico, poderoso, influyente y seguía odiándola después de tantos años. ¿Intentaría echarla por tierra porque se había negado a ceder ante él? ¿Se rebajaría tanto? ¿Qué precio tendría que pagar por haberse alejado de una situación incómoda?

—No me refería a tu casero ni a la calderilla que puedas deberle como fianza.

—Tal vez pienses que unos cientos de libras sean calderilla, pero para mí no lo son.

Angelo le lanzó una mirada de desdén y se contuvo de decirle que no debería haber derrochado el dinero que le había sacado. Su primera reacción, al verla por primera vez en el funeral al cabo de tres años y al enterarse de lo del testamento, fue de furia. No se la había imaginado viviendo en la casita y había decidido o llevarla a los tribunales o sobornarla con suficiente dinero para hacerla desaparecer de su vida para siempre. En ese momento no se había parado a pensar en la inesperada e indomable reacción física que había tenido ante ella, y ahora se preguntaba si no sería más satisfactorio verla fracasar. Nunca se había considerado un hombre vengativo. Rencoroso, sí, y con propensión a enfurecerse, sin duda. Pero ¿por qué perder tiempo y energía con pensamientos de venganza? Y, aun así, tenía la posibilidad de vengarse y sería un santo si no cediera ante la tentación. Angelo sabía perfectamente que un santurrón era lo último que era.

–La verdad es que me refería al hombre que ocupe tu vida –murmuró con el tono justo de indiferencia.

Rosie se preguntó qué diría él si le contara que estaba huyendo de ese hombre en particular. ¿Le generaría algún tipo de satisfacción? ¿Le daría un sermón sobre cómo las mujeres como ella al final acababan pagando cuando cambiaban las tornas?

–Como te he dicho antes, mi vida privada no es asunto tuyo. James, el señor Foreman, me dice que hay que resolver ciertos aspectos legales antes de mudarme, pero tengo intención de hacerlo lo antes posible. Te lo digo para que no pienses que puedes intentar ahuyentarme.

–¿Crees que eso es lo que estoy haciendo? ¿Ahuyentarte?

–Sabes que sí, Angelo. Primero me dices que pagarías por librarte de mí, y después afirmas que si no accedo a venderte la casa toda idea que tenga de montar un negocio está condenada al fracaso.

–Y yo que creía que solo estaba siendo realista –Angelo se preguntó si el hombre que Rosie negaba tener en su vida, o, mejor dicho, el hombre que quería mantener en secreto, sería su jefe. Tal vez era un hombre casado y con hijos. Apretó los labios ante la repugnante idea.

–No necesito que seas realista por mí –le dijo Rosie fríamente–. Correré el riesgo.

–¿Y si resulta que necesitas un equipo de rescate? No creo que tus padres puedan recoger tus pedazos.

–¿Cómo dices? ¿Qué padres? –le preguntó perpleja.

–Esos a los que tienes escondidos en alguna parte del norte. Un contable y una maestra, si no me equivoco. Te aseguraste de no mencionarlos nunca cuando estábamos saliendo, aunque, claro, tampoco es que habláramos mucho, ¿verdad?

–Hablábamos mucho –lo miró preguntándose si habría degradado su relación deliberadamente a una puramente sexual en un intento de hacerle daño o si ella había malinterpretado lo que habían significado el uno para el otro y había creído que era más de lo que fue en realidad–. ¿Quién te dijo que mis padres eran...? ¿Qué has dicho? ¿Una maestra y un contable?

–Amanda me contó que probablemente nunca me hablaste de ellos porque te preocupaba que me parecieran demasiado corrientes.

Rosie no pudo evitarlo y, aunque estaba a punto de perder los nervios, soltó una carcajada. Se rio hasta que le lloraron los ojos mientras Angelo la miraba sin entender nada.

–Me habría encantado haber tenido unos padres que fueran un contable y una maestra y no me sorprende que Mandy se inventara esa historia –sintió una repentina emoción de afecto hacia la que había sido su amiga–. Solíamos soñar con que teníamos unos padres normales.

–¿De qué estás hablando?

–¿Qué te contó Mandy sobre sus padres? –le preguntó por curiosidad.

–No había nada que contar. No tenía. La crió su abuela, que murió un año antes de que ella se mudara a Londres. ¿Adónde quieres llegar con esto?

–No soy yo la que ha sacado el tema.

–¿Me estás diciendo que Amanda me mintió sobre las dos?

–A mí me crió mi padre, que era alcohólico, Angelo, y yo lo quería a pesar de tener problemas con la bebida. A pesar de que nunca fue a ninguna reunión de padres del colegio ni a ningún evento. A pesar de que

ni siquiera se molestaba en asegurarse de si yo iba o
no al colegio. Y, para que quede claro, jamás hice no-
villos.

Angelo sentía una intensa furia recorriéndolo, pero
la contuvo.

—Así que además de oportunista, eras una mentirosa.

—¡Yo nunca he mentido! —aunque tampoco había
dicho la verdad. Había mentido al omitir cosas. ¿El
subconsciente le había hecho pensar que Angelo la re-
chazaría si hubiera sabido cómo se había criado? ¿Se
había reído cuando Amanda le había dicho que no contara la verdad sobre el pasado de las dos, pero en el
fondo se lo había tomado en serio?

—No me puedo creer que las dos me timarais. ¿Ahora
vas a decirme que mi querida y difunta esposa tiene una
familia en alguna parte?

—Familia, no, Angelo. Vivía con Annie, su abuela.
Siento no haberte contado nada sobre mi padre, pero
no pensé que fuera importante.

—Querrás decir que no querías que eso me influen-
ciara de ningún modo.

—¡Bueno, vale, tal vez! —estalló Rosie—. ¿Y puedes cul-
parme? ¡Por el modo en que me estás mirando ahora...!

—¿De verdad crees que me habría importado algo tu
pasado o tu procedencia? Detesto a los mentirosos —quería preguntarle qué otras mentiras podía esperarse de
ella y tuvo que recordarse que ya no era alguien que le
importara. De no ser por las extraordinarias e impre-
decibles circunstancias, no estaría allí sentado con ella
manteniendo esa conversación.

—Yo también —contestó Rosie en voz baja. ¿Acaso
creía que no sabía que la había engañado?

—¿Qué significa eso?

–Nada –murmuró Rosie–. Resulta agotador discutir contigo. No es culpa mía que Mandy me dejara esta casa y no es culpa mía sentirme agradecida de que lo hiciera y querer vivir en ella. Pero no acepto que tengas que tratarme como si fuera basura porque a ti no te parezca bien.

–¿Por qué decidisteis hacer las maletas y marcharos a Londres? ¿Por qué no intentasteis hacer algo más cerca de donde crecisteis?

–¿Cómo dices? –lo miró fijamente buscando en su rostro más desprecio frío y mordaz y se sorprendió al no encontrar nada. Tal vez no vio ni un ápice de calidez, pero al menos de momento no había rastro de desprecio.

–Llámame masoquista, pero tengo curiosidad por descubrir cómo eres.

–¿Por qué?

–Cuando me equivoco con una persona, me gusta saber en qué me he equivocado.

–¿Para no volver a cometer el mismo error dos veces?

–Eres una curva de aprendizaje –dijo Angelo con una absoluta carencia de emoción–. Créeme, no cometeré los mismos errores que cometí contigo, pero tengo curiosidad –y la tenía–. ¿Dónde creciste exactamente?

Rosie suspiró. Si quería que se lo contara todo, lo haría. Sería catártico. Quizá, incluso podría ayudarla a dejar de pensar en él.

–En un barrio de protección oficial.

–Pero saliste de allí.

–Si no te marchas cuando eres joven, no sales nunca. ¿Ya he satisfecho tu curiosidad? Porque estoy empezando a cansarme un poco. Ha sido un día muy largo. Solo quiero irme a la cama y descansar –se estiró, contuvo un bostezo y lo miró de soslayo mientras él se levantaba y miraba a su alrededor.

—Es muy insulso, ¿no? Ni cuadros ni fotos. Amanda podía haber hecho lo que quisiera con esta casa y aun así optó por hacer lo menos posible con la decoración una vez terminaron las reformas. ¿Por qué crees que lo hizo?

—No lo sé.

—¿Vas a darle algún repaso a este sitio cuando te mudes?

—Probablemente no tendré dinero para hacerlo.

—Fuiste a Londres a hacer fortuna y ahora estás deseando salir de allí, aunque aquí terminarás sin trabajo e intentando llegar a fin de mes. ¿De qué estás huyendo?

—¡Yo no estoy huyendo de nadie! —respondió Rosie tal vez demasiado deprisa y Angelo enarcó las cejas extrañado.

—Creo que yo no he sugerido que estuvieras huyendo de una persona, ¿no?

Confusa, Rosie lo miró. ¿A qué estaba jugando? ¿Intentaba buscar alguna brecha en su armadura para poder aprovecharse de ello más tarde? ¿Cómo se había podido convertir en ese frío extraño el hombre del que había estado tan enamorada? «¡Bah, ni caso!», se dijo furiosa. Si ella había sido su curva de aprendizaje, él había sido la suya.

—Porque es un hombre de quien huyes, ¿verdad?

Perdida en sus pensamientos y sintiéndose incómoda por cómo él había descubierto sus motivos para salir de Londres, Rosie no se percató de que se estaba acercando a ella hasta que lo tuvo justo delante. Si alargaba un poco el brazo podría tocarle su duro y musculoso torso. Ahora era su enemigo y, aun así, se vio invadida por una oleada de deseo tal que se le secó la boca y perdió la capacidad de pensar. Retrocedió y se chocó con la pared.

—No sé de dónde te sacas esa idea.

—¿Es tu jefe, ¿verdad? ¿El señor Atento que tiene tantos contactos por aquí? —la miró fijándose con detalle desde en cómo le esquivó la mirada hasta en cómo se humedeció los labios nerviosa—. Aunque... ¿por qué huyes de él si es un tipo tan genial? ¿Has decidido de pronto que es un error? ¿Está casado? ¿Es un pobre hombre con un par de hijos y una sufrida mujer esperándolo en casa?

—¡No tengo ninguna aventura con Julian! —quería gritarle que no tenía derecho a sacar ninguna conclusión ni a especular sobre su vida privada, pero habían tenido una relación y podía sentir que los envolvía y que hacía difícil distanciarse del todo el uno del otro. O, al menos, así lo veía ella—. Y, además, yo jamás me acostaría con un hombre casado. ¿Es que no me conoces nada?

—Esa es una pregunta sobre la que podría estar horas debatiendo.

Ella se había sonrojado y tenía sus carnosos labios separados, probablemente preparada para otro ataque verbal. Independientemente de lo que supiera o no supiera sobre ella, en ese momento de su vida estaba seguro de una cosa: Rosie vibraba ante su presencia tanto como él ante la suya. El aire estaba tan cargado entre ellos que casi crepitaba y su cuerpo se inclinaba hacia él a pesar de que la expresión de su rostro le decía que intentaba apartarse desesperadamente...

Nunca antes había sentido una urgencia tan absorbente de llevar a una mujer a la cama, de hacerle el amor hasta que se quedara sin habla. Era consciente de que estaba respirando entrecortadamente, de que no podía apartar los ojos de su rostro sonrojado.

—Angelo —Rosie se quedó impactada ante el sonido

de su propia voz, ronca, trémula y vergonzosamente provocativa. Alzó la mano y entrecerró los ojos al sentir la calidez de su torso bajo sus dedos. No sabía por qué estaba haciendo eso, pero su cuerpo parecía acercarse de motu proprio.

Esa mano despertó en la cabeza de Angelo una serie de recuerdos. Era casi como si hubiera estado en el limbo durante tres años esperando volver a sentirla. Y eso lo dejó impactado.

Dobló los dedos alrededor de su muñeca y le apartó la mano. Le supuso un gran esfuerzo, pero lo hizo y después dio un paso atrás y la miró con frialdad.

–Por mucho que aprecie la oferta, querida, voy a tener que rechazarla. No puedo evitar pensar que tu repentino interés en mí podría tener mucho que ver con ponerme de tu lado por si necesitas que alguien te salve el pescuezo.

Rosie abrió los ojos de par en par y lo miró horrorizada y avergonzada. Quería que se abriera la tierra y se la tragara. Cuando intentó decir algo, nada salió de entre sus labios, y siguió mirando en silencio y viendo cómo la boca de Angelo se curvaba en una media sonrisa antes de que se diera la vuelta y saliera de la casa.

Capítulo 4

POR mucho que intentaba cuadrar las cifras, las cuentas no le salían.

Rosie gruñó de frustración y apartó la libreta de un golpe. Llevaba de vuelta gran parte de la semana y no había tardado en admitir a regañadientes que Angelo había dado en el clavo al decir que si se mudaba a la casita se enfrentaría a toda una lista de desastres económicos.

Tal vez disfrutara del sueño de una vida sencilla alejada de Londres, pero ¿cómo iba a financiarla? Julian había sido comprensivo cuando le había explicado la situación y, sí, tenía contactos, pero tal como le había dicho muy razonablemente, ¿qué propietario de un restaurante le pasaría una lista de clientes potenciales a alguien que vería como un rival?

—Serías una excelente proveedora de catering —le había dicho mientras se ocupaba de un *roux* que estaba dándole problemas—, pero para eso necesitas capital y un equipo especial para empezar, dependiendo de a cuánta gente tengas pensado servir. Después están los temas de seguridad e higiene. Por supuesto, siempre podrías negociar con algún cliente que esté de acuerdo con la posibilidad de que cocines en su casa. Si eso falla, podría ponerte en contacto con uno de mis colegas que tiene un restaurante..., aunque tendrías que desplazarte un poco, la verdad.

–No tengo coche –había respondido Rosie total-mente desanimada.

–Podrías utilizar el autobús y taxis, pero entonces luego te quedaría poco dinero... A ver, prueba este *roux,* querida, y dime qué te parece...

Jack se había ofrecido a prestarle algo de dinero, pero ella se había negado. Brian y él estaban ahorrando para pagar la entrada de una casa y a saber cuándo se lo podría devolver.

Era una situación imposible.

Se sentía al borde de las lágrimas. Tendría que ven-derle la casita a Angelo y ya podía imaginarse su mi-rada de satisfacción cuando se plantara ante él con la cabeza gacha y admitiendo la derrota antes de siquiera haber podido empezar. Y, peor aún, tendría que ver cómo se reía de ella por haberle tirado los tejos, gesto que él había rechazado educadamente.

¿Cómo podía haber estado tan loca? Después de todo lo que había pasado entre ellos, ¿cómo podía ha-berse dejado arrastrar por una atmósfera de...? ¿Exac-tamente qué? ¿Atracción sexual mutua? ¿O habría sido su cabeza que le había jugado una mala pasada? E in-cluso aunque no se hubiera equivocado, si él también hubiera sentido algo de atracción, ¿qué? Angelo le ha-bía demostrado con su respuesta que fuera lo que fuera, no significaba nada.

Intentó no pensar en ello. Cada vez que el recuerdo de ese error de juicio de diez segundos comenzaba a resurgir, lo apartaba y pensaba en otra cosa.

Se acercó a la ventana dándoles vueltas a las cifras que no le cuadraban. Se preguntó si el director de su banco estaría dispuesto a prestarle el dinero para mon-tar un negocio. Era chef, trabajaba por un sueldo no muy alto y no tenía mucha experiencia. ¿Se la podría considerar una apuesta segura? Y si no podía sacarle un préstamo al banco, sin duda necesitaría meterles mano a sus ahorros para comprarse un coche ya que, de lo contrario, el transporte desde la casita de campo sería imposible. No había rutas de autobuses próximas y una bici no le serviría de mucho.

Una vez más, empezó a hacer cuentas en su cabeza y, al ver algo entre las cortinas, se asomó echándose a un lado. Eran las cinco y ya había oscurecido. Era su día libre y como lo había pasado frente al ordenador, y entre la calculadora y libretas, no había sido consciente de que el día había ido pasando, solo había oído el sonido de la lluvia.

Se le aceleró el corazón al ver el coche de Ian. Tenía un pequeño deportivo rojo y lo habría reconocido a la legua porque en su primera y única cita él se había pasado la noche aburriéndola con sus explícitas descripciones del coche antes de insistir en que fuera a verlo.

Ian estaba repanchigado detrás del volante. ¿Sabría que lo había visto? ¿Sabría que estaba en casa o estaba esperando a que volviera del trabajo? ¿Cuánto tiempo llevaría allí?

Sin saber si salir y enfrentarse a él o quedarse quieta y esperar a que se aburriera y se marchara, Rosie, nerviosa, fue a la cocina con el móvil en la mano.

Su fértil imaginación se disparó por mucho que se dijo que no había necesidad de imaginarse lo peor. Sabía que tendría que hacer algo. Ian había logrado entrar en su casa una vez y, sinceramente, no era una gran hazaña. La casa no estaba bien protegida y solo imaginárselo entrando mientras estaba dormida hizo que la recorriera un escalofrío. Podía llamar a la policía, pero ¿irían? No se habían tomado en serio sus protestas, así que ¿por qué iban a hacerlo ahora? Tampoco había denunciado el allanamiento de morada, ya que había preferido fingir que podía ocuparse del asunto sola.

Mientras barajaba las distintas posibilidades, sonó el móvil y lo miró horrorizada, pero no era Ian. Era Angelo. El alivio al ver su nombre en la pantalla hizo que cualquier cosa negativa que hubiera pensado de él saliera volando de su cabeza. Olvidó sus humillaciones, olvidó lo mucho que la detestaba y cuánto había traicionado su confianza.

—¡Angelo!

Angelo no estaba del todo seguro de por qué la había llamado. Estaba orgulloso de la fuerza de voluntad que había tenido al rechazar la invitación que le había lanzado tan claramente la última vez que se habían visto, pero el orgullo había sido un incómodo compañero de cama. Rosie había vuelto a su vida y, le gustara o no, no podía sacársela de la cabeza. El hecho de que el aire crepitara entre los dos cargado de energía sexual contenida se había visto empeorado por el deseo que había visto iluminando la mirada de Rosie cuando había posado la mano sobre su pecho.

Él siempre había mantenido un estricto control sobre su vida, sobre sus actos y sobre su comportamiento y se enorgullecía de ser una persona tan resuelta; eso era lo que lo había alejado de la vida de miserias en la que había nacido. Y, entonces, cuatro años atrás, ella había entrado en esa vida y él había permitido que se le escapara el control. ¡Bajo ningún concepto cometería el mismo error! Y aun así, allí estaba ella, jugando con su mente.

Lo enfurecía pensar que dos noches antes había salido con una rubia, una amiga de una amiga de una amiga, y todo el tiempo que había estado con ella había estado pensando en Rosie. Por eso no había concertado otra cita más con ella.

De un modo u otro, tendría que eliminarla de su vida otra vez. Tendría que darle fuerza a su argumento e insistirle en que sería mejor que le vendiera la casita que arriesgarse a mudarse y montar un negocio que podría estar condenado al fracaso. Era un negociador brillante. ¿Le resultaría muy difícil negociar que saliera de sus tierras?

Y así, sin pensarlo, un viernes por la tarde había levantado el teléfono y la había llamado, aunque en cuanto había oído su voz, había sabido que algo no iba bien.

Al notar su voz temblorosa y aguda, se levantó disparado del sillón y fue hasta el ventanal que le daba a su despacho una magnífica vista del Puente de Londres y sus alrededores.

—¡Vaya, cuánto te alegra oír mi voz! —le dijo preguntándose si se había imaginado el tono de pánico cuando había respondido y decidiendo que sí, que seguro que se lo había imaginado. Y si no, se negaba a dejarse arrastrar por lo que fuera que le pasaba—. Tenemos que hablar de los límites de la casa. Cuando se la regalé a Amanda nunca hablamos de ello. Ella quería tierras y yo tengo muchas. Le di unos cuantos acres en una especie de acuerdo informal. Si insistes en vivir allí, los abogados tendrán que redactar algo más preciso y exacto. Podría suponerte más gastos, pero es esencial.

—Angelo, ¿podrías venir? Estoy en casa porque tenía el día libre. Mira, sé que estarás ocupado... —«y que solo has levantado el teléfono para lanzarme otra amenaza y otra advertencia sobre lo estúpida que he sido al rechazar tu oferta de compra de la casa»–, pero es importante –sabía que se le estaba quebrando la voz y que tenía que controlarse.

–¿Qué está pasando? –en esa ocasión, la voz de Angelo reflejó inquietud. No sabía qué estaba pasando o si sería alguna farsa por parte de ella, pero ya estaba poniéndose la chaqueta y pensando en las reuniones que tendría que cancelar.

–¿Recuerdas cuando me preguntaste si quería la casa porque estaba huyendo de alguien?

–Sigue hablando, aunque –añadió para dejar las cosas claras y que Rosie no pensara que era una persona maleable– no pienses que puedes aprovecharte de mi comprensión y embaucarme para que cambie de actitud sobre todo este asunto.

–Calla y escúchame.

Nadie le hablaba así a Angelo. Era temido entre sus rivales del mundo de las altas finanzas y, entre las mujeres, era tratado con adulación, asombro y deseo de complacer. Pensó que Rosie nunca había actuado así, aunque tenía sentido si tenía en cuenta que, igual que a él, la vida le había dado muchos palos desde el principio.

Durante unos segundos recorrió a una velocidad vertiginosa el bulevar de los recuerdos reviviendo cómo había bromeado con él diciéndole que no se dejaba apabullar por su poder, cómo había discutido si no estaba de acuerdo con algo que él hubiera dicho y cómo había marcado las bases de su relación cuando habían empezado a salir y él había llegado tarde a su primera cita.

–Te escucho, pero más vale que sea importante.

–Sí que estoy huyendo de alguien y ese alguien está

sentado fuera de mi casa ahora mismo y... y estoy un poco asustada.

—¿Asustada? Explícate —en ese momento se dio cuenta de que se movía deprisa, saliendo de su despacho y deteniéndose solo para anotar algo en un papel mientras su secretaria lo miraba asombrada: se marchaba de la oficina y no volvería hasta el lunes.

—He tenido algunos problemas con él en el pasado —confesó Rosie con voz temblorosa. Sabía que estaba sucumbiendo a la ilusión de que junto a Angelo estaba a salvo. Tal vez en los buenos tiempos sí, pero ya no, aunque sus miedos y su soledad se habían unido a esos sentimientos y habían generado una mezcla a la que era imposible resistirse. Solo oír su profunda y sombría voz al otro lado del teléfono resultaba extrañamente tranquilizador. O tal vez era simplemente el hecho de estar hablando con alguien. Tal vez hablar con cualquiera le habría servido también, aunque en el fondo no estaba tan convencida.

—¿Qué clase de problemas? Háblame, Rosie.

—Hace una semana entró en mi casa. Por eso estaba deseando irme de Londres, ¿de acuerdo?

—¿Cuando dices sentado fuera de tu casa qué quieres decir? ¿Que está sentado en la acera?

Rosie se rio.

—A Ian jamás lo verías sentado en el suelo, y menos si está lloviendo. Eso le estropearía el traje. Es abogado y gana mucho dinero; un buen traje significa mucho para él. Lo mismo que las apariencias, así que los abogados no se sientan en las aceras. No, está en su coche. En un deportivo rojo brillante que me hace pensar que... que...

—¿Que quiere llamar la atención? —Angelo ya había salido de su oficina y se dirigía a su coche. Normalmente lo llevaban a casa, pero su chófer no se esperaría que hubiera salido de la oficina tan pronto y Angelo decidió conducir. La dirección estaría grabada en el navegador, aunque tenía un excelente sentido de la orientación y habría podido encontrar su casa de cualquier modo.

—Seguro que estoy siendo ridícula —dijo Rosie intentando ser sensata.

—¿Por qué no has llamado a la policía? ¿Es que pensabas quedarte ahí sentada hasta que alguien levantara el teléfono y te llamara? —de pronto, y sin saber por qué, se sentía furioso con ella. Sin embargo, Rosie no era una mujer que se asustara con facilidad—. Olvida lo que he dicho. No te muevas y estaré ahí en media hora.

—No hace falta... —aunque ¿por qué, si no, había optado por confiar en él? Se había dejado arrastrar por el pasado y se odiaba por ello, pero al mismo tiempo se sentía extrañamente aliviada de saber que estaba de camino. Confundida, permaneció en silencio, agarrando el teléfono y resistiendo las ganas de volver a la ventana y asomarse para ver si el deportivo rojo seguía allí o si se lo había imaginado todo.

—Eso puedes decírmelo a la cara cuando llegue —le contestó Angelo secamente—. Por curiosidad, ¿para qué empresa trabaja ese tipo?

Ella se lo dijo. Era uno de los bufetes más grandes de la ciudad y Angelo conocía a unas cuantas personas allí. Ya escucharía toda la historia en un rato, pero por el momento sabía lo que iba a hacer. Era una pena que tuviera que contener el satisfactorio deseo de hacer entrar en razón a ese tipo con algún que otro puñetazo. Agarró el volante con fuerza al salir del aparcamiento y adentrarse en el predecible caos de la ciudad.

–Voy a colgar, Rosie. No salgas a hablar con él, ni contestes si te llama por teléfono ni te asomes a mirar el coche. Tú solo espérame –se conocía las carreteras y calles de Londres como la palma de la mano y rápidamente esquivó el tráfico y se metió por una pequeña calle que conectaba con unas callejuelas que principalmente utilizaban los taxistas más astutos. Tenía el cuerpo cargado de adrenalina. Sabía que Rosie estaba más asustada de lo que dejaba ver porque, de no haberlo estado, se habría ocupado de ese tipo ella misma. No habría confiado en alguien al que ahora consideraba su archienemigo.

Apretaba con fuerza el volante. Estaba haciendo algo que haría por cualquiera; el hecho de que se tratara de Rosie no era nada que debiera inquietarlo. Aun así, algo en su interior se revolvió ante la idea de imaginársela aterrada y se preguntó si debería haber indagado más en un principio, cuando había sacado el tema de que pudiera estar huyendo de alguien al escapar al campo. Estaba deseando llegar y ver a ese cerdo metido en su coche.

Rosie estaba sentada y preguntándose qué haría Angelo. ¿Una pelea en la acera? No. Angelo era un ejecutivo multimillonario y los ejecutivos multimillonarios no hacían esas cosas. Aun así, no le costaba nada imaginárselo peleándose con alguien. La tentación de asomarse a la ventana era abrumadora y por primera vez ese día buscar una solución al asunto de poder permitirse vivir en el campo no fue suficiente distracción.

Había consumido una taza y media de café antes de que sonara el timbre y, cuando miró el reloj, vio que habían pasado casi cuarenta y cinco minutos. ¿Cómo?

¿Pensando en Angelo? Siempre había sido muy fácil perder el tiempo pensando en Angelo. ¿Estaba cayendo otra vez en ese hábito? No. Eran unas circunstancias especiales.

—¿Qué pasa con la cadena? —Angelo, que estaba apoyado indolentemente contra el marco de la puerta, se puso recto, pasó y le dijo—: ¿Cómo es que te dio por salir con un cerdo así? Pero, bueno, ya está, se ha ido y no volverá.

—¿Qué has hecho?

Angelo miró su rostro aliviado y sintió una extrema satisfacción. El caballero de la brillante armadura. ¿Qué hombre no se sentiría importante ante esa sensación?

Una vez dentro de la casa, e invadido por una sensación claustrofóbica por su tamaño y su simpleza, no podía obviar la agradable satisfacción que se había instalado en la boca de su estómago. Hacía mucho tiempo que no se sentía tan bien y era un cambio a mejor comparado con la amargura que lo había estado consumiendo los tres últimos años.

—Siento haberte hecho venir hasta aquí —le dijo Rosie siguiéndolo hasta la cocina, donde él se sentó en una silla que parecía demasiado minúscula para un cuerpo tan grande y poderoso como el suyo—. Has venido directo del trabajo y no era necesario. ¿Te apetece beber algo? ¿Té? ¿Café? Es que ha dado la casualidad de que has llamado justo dos segundos después de que viera el coche de Ian...

Ahora que él estaba allí, la sensación de alivio quedó sustituida por la misma incómoda atracción que tanto la asustaba y que le había hecho acariciarle el pecho. Se colocó las manos detrás de la espalda y se apoyó contra la pila de la cocina sin poder ignorar esa sexy mirada posada en ella. Se le aceleró el pulso y le dio un vuelco el corazón.

–Ya me has dicho que no hacía falta que viniera. Tomaré una copa de vino, si tienes. Tinto.

Aliviada de tener algo con lo que entretenerse, Rosie sirvió dos copas de vino tinto. Y cuando pensó en lo que habría podido pasar si Angelo no hubiera llamado en el momento preciso, sintió ganas de llorar. De espaldas a él, respiró hondo varias veces para calmarse antes de girarse para darle la copa y sentarse en una silla frente a él.

–¿Estás bien? –le preguntó él bruscamente–. Te prometo que se ha ido para siempre. ¿Cómo terminaste con un cretino como ese?

Rosie abrió la boca para defenderse, pero... ¿cómo podía?

–Mi amiga Amy pensó que ya era hora de que me echara novio y supongo que estuve de acuerdo. Tenía que trabajar menos y salir un poco más, así que accedí a quedar con el compañero de trabajo de su amigo.

Angelo frunció el ceño. Quería decirle que ella podía tener al hombre que quisiera solo con chasquear los dedos. ¿Por qué había aceptado una cita a ciegas? ¿Acaso no había leído noticias sobre mujeres que se habían metido en muchos problemas al quedar con hombres desconocidos? Pero entonces recordó que así lo había conocido a él y mantuvo silencio respecto al tema.

–¿Y?

–Y conocí a Ian. Al principio... al principio me cayó bien, pero a mitad de la noche empecé a sentirme un poco presionada. Podía ver que la cosa no funcionaría, pero él no opinaba lo mismo –lo miró. Le gustara o no, se merecía una explicación. Le gustara o no, recordó cómo era charlar con él, ser el centro de su plena atención–. Insistió en traerme a casa, estaba muy orgulloso de su coche y yo sabía que no iba a volver a verlo, así que accedí. Pero a medio camino, me di cuenta de que no iba en la dirección correcta. Dijo que quería enseñarme dónde vivía. Le dije que no y la cosa se puso un poco desagradable. Paró el coche. Era tarde. Hubo un pequeño forcejeo, pero logré salir de una pieza. Después empecé a recibir mensajes suyos y llamadas. A veces sabía que me seguía, pero la policía me decía que no podía hacer nada. Y entonces la semana pasada logró entrar en casa y eso me asustó mucho. Por eso lo de la casa de campo fue como un golpe de suerte.

Sorprendida, vio que se había bebido toda la copa de vino. Se sintió avergonzada de nuevo. Él había corrido hacia allí para ayudarla porque se lo había pedido, lo había puesto en una situación incómoda sin darle elección. ¿Qué pensaría de ella? ¿Que estaba intentando manipularlo?

Angelo ya tenía una opinión bastante pésima de ella y, cuando la había visto en el funeral, su primera reacción había sido sospechar. Nunca dejaría de pensar que buscaba algo. ¿Pensaría ahora que le había pedido ayuda como parte de algún plan para cazarlo, sobre todo después de haberle dejado claro que seguía sintiéndose atraída por él a pesar del rencor y la desilusión generados por el modo en que había terminado su relación?

–No me has contado qué le has dicho –dijo intentando adoptar una voz lo más natural posible.

–Le he dicho que conocía a los mandamases de su empresa. Le he dicho que si volvía a acercarse a ti o a ponerse en contacto contigo de algún modo, me aseguraría de que no lo contrataran en ninguna parte. Le he dicho que iría más lejos que eso, que me aseguraría de que le cerraran todas las puertas. En resumen, que no le ha quedado duda de que si no hacía exactamente lo que le he dicho, estaría enterrado profesionalmente.

—¿Podrías hacerlo? —Rosie se sonrojó. Quería sonreír. El alivio de ver esa parcela de su vida resuelta era inmenso.

—Podría.

—Me preocupaba que te pusieras violento...

—No soy tan estúpido. Un hombre así se acobardaría y saldría llorando hacia la comisaría más cercana y no es una idea muy tentadora. En cualquier caso, tu pesadilla termina aquí. No me sorprendería que hiciera las maletas y se largara a otra parte del país. Es más, no me costaría mucho mover algunos hilos y hacer que sucediera.

—Con tal de no tener que volver a verlo...

—No hay posibilidad de que eso pase. ¿Has comido?

Rosie lo miró sorprendida, recordó que había querido hablar con ella sobre los límites de la propiedad y eso la hizo volver a la realidad.

—No, pero...

—Vístete. Necesitas cenar. Yo necesito cenar.

—Y, además, quieres que hablemos sobre las tierras que rodean la casa —sugirió ella.

Angelo se había olvidado de eso cuando debería haber sido lo primero en su mente.

—Es verdad.

—De acuerdo, dame cinco minutos. Iré a vestirme.

Rosie era muy rápida a la hora de arreglarse. Apenas usaba maquillaje y su armario era limitado, así que no tenía muchas posibilidades de pasarse horas decidiendo qué ponerse. Cuando había estado saliendo con Angelo, había acumulado montones de ropa porque habían ido a muchos sitios elegantes. Al romper, había regalado casi todo porque trabajar en una cocina no requería mucha imaginación a la hora de vestir: vaqueros y ropa cómoda en general. ¡Y zapatos planos!

Sin embargo, ahora estaba muy nerviosa. ¡Pero si no era una cita! Aun así, se dijo que esa no era razón para no ir arreglada. ¿Qué tenía de malo ponerse un poco de maquillaje? ¿No era hora de airear esos zapatos de tacón? ¿Y el vestido negro? No podía recordar la última vez que se lo había puesto. Y, además, ¿con cuánta frecuencia salía a cenar? Qué ironía, teniendo en cuenta que trabajaba en un restaurante.

Cuando se miró al espejo, se quedó alarmada al ver ese cálido rubor en sus mejillas y el vestido... los tacones... Demasiado tarde para pensar en cambiarse. Agarró un pañuelo para disimular un poco el escote del vestido y salió corriendo de la habitación. Angelo la esperaba en el salón, donde lo encontró observando todo lo que había ido reuniendo con el tiempo y que había colocado por la habitación en un intento de camuflar su sosería: pósters de estrellas del cine clásico, una fotografía suya de su graduación del curso de Hostelería, varios jarrones que había comprado en mercadillos y que había colocado en la estantería junto con su selección de libros, a pesar de que no tenía mucho tiempo para leer.

–Estoy lista –dijo y, al ponerse el abrigo negro, no se percató del modo en que él la estaba mirando.

¿Por qué engañarse diciéndose que esa misión de rescate no había tenido un poderoso componente personal?, pensó Angelo. Viéndola en ese momento, podía sentir que todo su cuerpo se excitaba. El vestido enmarcaba cada centímetro de su cuerpo, abrazaba sus pequeños y redondos pechos a pesar de que llevaba un pañuelo en un inútil intento de taparlos. Le gustara o no, estaba exultante porque la damisela en apuros era Rosie, y estaba claro que su cuerpo no había eliminado su recuerdo por mucho que su mente lo hubiera hecho.

–Me imagino que conocerás todos los restaurantes de por aquí –comenzó a ir hacia la puerta mientras se ponía la chaqueta.

Ella se rio y Angelo respiró hondo al reaccionar, una vez más, ante ese contagioso sonido.

–Te sorprenderá, pero nunca he salido a comer. Por un lado, no me puedo permitir ningún sitio bonito y, por otro, siempre estoy trabajando.

–¿Y entonces por qué te viste obligada a aceptar una cita a ciegas con ese cretino?

–No sabía que era un cretino. Se supone que hay un italiano muy bueno a unos diez minutos.

Después de haberse arreglado tanto, se sintió algo decepcionada cuando él no hizo ningún comentario al respecto. ¿Por qué sería?

Fue un alivio salir del coche y verse en la calidez del restaurante que estaba relativamente vacío dado que aún era temprano.

–Gracias –le dijo una vez estuvieron sentados y consultando la carta–. Me imagino que no te hará ninguna gracia pasar un viernes por la noche así y habiendo tenido que dejar tu trabajo para ocuparte de un problema que no tiene nada que ver contigo.

–Si esto nos lleva a otro discurso de gratitud, ahórratelo, Rosie. No soy un héroe por ocuparme del cobarde que te estaba molestando.

–De acuerdo. Bueno, por teléfono has dicho que querías hablar de los límites de la propiedad –se echó atrás mientras le servían el vino y esperaba a que les tomaran nota. Podía sentir los ojos de Angelo clavados en ella y sabía que debía mantener una actitud animada y afable para que las cosas fueran mucho más sencillas.

–Es un poco complicado.

Rosie suspiró y se recostó en la silla. Fue como si, de pronto, se hubiera quedado sin una gota de energía.

–Antes de que pasara todo esto, estaba en casa haciendo cuentas. Mi jefe no puede ayudarme y yo tendría que hacer un montón de filigranas antes de poder empezar a montar algo. No me había parado a pensar en todos esos detalles porque estaba demasiado desesperada por salir de Londres.

Angelo se sonrojó al recordar su opción de vengarse dejándola fracasar. No dijo nada, pero cuando les sirvieron la comida, vio que Rosie no parecía tener apetito.

Ella le contó por qué jamás podría montar un negocio de catering y, al contrario de lo que él se había esperado, oírlo no le produjo ninguna clase de satisfacción. Su mente no dejaba de pensar en el tipo que la había acosado. La mujer a la que había detestado en el funeral y que había considerado historia ahora estaba ejerciendo todo tipo de efectos en su estado emocional. ¿O tal vez siempre había sido así? Se apartó esa idea de la cabeza inmediatamente.

–He pensado en ir a hablar con el director de mi banco –decía en ese momento Rosie después de haber terminado de explicarle todas las cosas que necesitaría para lanzar su negocio. Sospechaba que estaba aburriéndolo porque él no decía ni una palabra y se imaginaba que en cualquier momento echaría una ojeada al reloj. Seguro que tenía algo que hacer un viernes por la noche. No era un hombre al que le gustara quedarse en casa solo.

¿Cómo habrían sido sus viernes por la noche con Amanda? Sentía demasiada curiosidad por su matrimonio y sabía que debía mantener las distancias.

–Pero luego he pensado que no serviría de nada –continuó–. No creo que sea la persona más solvente del mundo –al bajar la mirada, Rosie vio que apenas había probado bocado e intentó comer un poco más. Estaba muy nerviosa y tenerlo allí sentado frente a ella hacía que se le atragantara la comida. Se había quitado el pañuelo y se dio cuenta de que se veía la sombra de su escote. Corriendo, se puso derecha y apartó el plato a un lado–. Además, necesitaría dinero para un coche. Para lo único que mi padre ahorró dinero fue para el carné de conducir. Lo metía directamente en una cuenta que no podía tocar porque sabía que en un día malo se vería tentado a sacarlo todo. Solía decirme que no había nada como estar detrás del volante de un coche.

–Deberías haberme hablado de tu padre –le dijo secamente Angelo.

Rosie se preguntó si eso habría cambiado las cosas. Pero no. Él se habría ido con su mejor amiga de todos modos.

–Eso ahora no es relevante –respondió encogiéndose de hombros y rechazando un café porque creía que ya era hora de volver a casa–. Pero lo que creo que encontrarás relevante es la decisión que he tomado.

–No me tengas en suspenso.

–Después de haber intentado encontrar el modo de permitirme mudarme a la casa de campo y haberme topado con un muro, Angelo, tú ganas. No me mudaré. No me lo puedo permitir. No puedo malgastar un dinero que no tengo en un sueño y ahora, de todos modos, ya no hay necesidad. Ya no tengo que huir. Así que me alegra venderte la casa y no me importa cuánto me des por ella. Soy consciente de que no debería haber sido mía de todos modos. Puedes comprarla y convertir el terreno en lo que quieras y será como si nunca nos hubiéramos vuelto a ver.

Capítulo 5

TENÍA justamente lo que quería. Desde el segundo en que se había enterado de que la casa de campo era para ella, Angelo se había decidido a asegurarse de que la recuperaría del modo que fuera. Su camino preferido habría sido llevarla a los tribunales y ver cómo un legado que no le correspondía se le venía abajo ante sus codiciosos ojos. Pero el testamento era hermético, así que había intentado sobornarla. A cambio, ella se había mantenido en sus trece.

Su único objetivo, el único, había sido quitarle la casa, sacarla de su vida.

Pero entonces, ¿cuándo había cambiado eso? ¿Cuándo había descubierto que Rosie permanecía en su mente y que no todos sus sentimientos eran de rabia y frustración?

–¿Es que no vas a decir nada? –insistió Rosie, molesta porque en los últimos diez minutos había sido la única que había hablado. Llegó la cuenta, se pagó y los dos se levantaron para marcharse rodeados por las exuberantes muestras de gratitud del propietario que, según decía, estaría encantado de volver a recibirlos allí para probar otros platos. Ante ese comentario, ella contuvo la tentación de decirle al hombre que eso no pasaría, al menos, en mucho tiempo.

–Diré algo cuando estemos en tu casa –por muy frustrante que le resultara admitirlo, le estaba costando mucho asumir que Rosie desaparecería de su vida tan pronto como había vuelto a entrar en ella. Sabía que podía entregarle una irrisoria cantidad de dinero por la casa y que ella lo aceptaría. Tal vez fuera una cazafortunas que había vendido los regalos que él le había hecho, pero también era muy inteligente.

Así que ahora que podía librarse de ella, y su sentido común le decía que era lo que debía hacer, ¿por qué no estaba nada satisfecho con que se cerrara el asunto así?

Sexo.

La palabra se instaló en su cerebro como una respuesta instantánea a las preguntas que habían surgido de pronto. No había por qué buscar más allá para encontrar un motivo a su reciente comportamiento.

Cuando terminó su relación, nunca había reprimido el hecho de que seguía deseándola. La había deseado en cuanto la había visto en el bar. Había seguido deseándola el tiempo que habían estado juntos, y que había sido un milagro porque la estabilidad no había sido algo que caracterizara a sus relaciones anteriores. Su objetivo era trabajar, conseguir una seguridad que solo el dinero podía proporcionar y las mujeres, que suponían una agradable distracción, siempre hacían breves apariciones en su vida frenéticamente ajetreada y cargada de presión. Antes de Rosie sus relaciones habían sido ocasionales y así le había gustado.

Pero entonces había llegado ella y nunca había dejado de desearla por mucho que se hubiera casado con Amanda, dadas unas circunstancias en las que no merecía la pena pensar.

Angelo comprendía el poder del sexo; lo había sentido al volver a ver a Rosie a pesar de no haberlo admitido. Su relación había terminado en caos y no le había dado tiempo a cansarse de ella. Eso habría acabado pasando, naturalmente, pero cuando rompieron todavía estaba loco por ella.

Después de haber encajado todas las piezas, le aliviaba haber encontrado la solución a su inquietud y al hecho de no poder asumir que desapareciera inmediatamente de su vida.

De no haber visto esa llama en su mirada, si ella no se le hubiera insinuado, entonces tal vez no habría objetado nada a librarse de ella y entonces estaría escuchándola decir que le vendería la casa sin sentir ese nudo en el estómago.

La idea de volver a vivir sin tener que pensar en ella era todo un alivio y se permitió relajarse un poco tras el volante.

Decidió que la venganza no la encontraría viéndola fracasar en su intento de empezar una nueva vida. La venganza podría conseguirla fácilmente seduciéndola entre las sábanas y después abandonándola cuando ya hubiera quedado satisfecho. Con todo lo sucedido entre los dos, estaba seguro de que sería una situación pasajera.

¿Durante cuánto tiempo podría un buen sexo bloquear el hecho de que esa mujer no le gustara? ¿Cuánto tiempo pasaría hasta que su cuerpo se pusiera al mismo nivel que su mente? ¿Una semana o dos? Y después podría olvidarse de ella para siempre y alejarse sin mirar atrás. Un punto extra sería tenerla suplicándole que se quedara, pero incluso aunque el orgullo de Rosie se interpusiera y no hubiera súplicas, acostarse con ella sería un trabajo bien hecho porque destruiría a los demonios que él llevaba dentro.

Medio sonrió en la oscuridad del coche y seguía sonriendo cuando aparcó frente a su casa.

Independientemente del hecho de que Rosie estuviera huyendo de un acosador, él también habría querido huir si hubiera estado viviendo en un cuchitril como ese que tenía delante ahora. Se preguntó cuántas veces ella se habría maldecido por no haber jugado bien sus cartas, por no haber utilizado todo el dinero que le había sacado en algo sensato. No sabía en qué podía haberlo gastado, aunque tampoco le importaba, pero lo que estaba claro era que no había ido a parar a la entrada de una casa.

—No hace falta que entres —empezó a decir Rosie mientras se desabrochaba el cinturón de seguridad—. Ya has hecho bastante y no sé cómo darte las gracias —se quedó un rato mirando abajo antes de girarse hacia él, que la miraba fijamente. La recorrió un cosquilleo, así que pensó que era hora de dejar el discurso de agradecimiento porque, de lo contrario, se le aceleraría el cuerpo y podía terminar cometiendo otra estupidez, como besarlo antes de que se separaran para siempre. La idea de ser así de débil la aterrorizaba—. Ahora que te has ocupado de Ian, no puedo creer lo aliviada que estoy, como si me hubiera quitado un gran peso de encima.

—¿Era ese cretino la única razón por la que querías la casa? —preguntó, porque estaba harto de que le diera las gracias por algo con lo que había disfrutado de un modo perverso. Además, si no se hubiera dado esa inesperada circunstancia, ¿estaría ahora allí? Gracias a Ian, por muy cerdo que fuera, Rosie se había visto en una situación vulnerable y él era el que la había rescatado. Al instante, la dinámica de su relación se había visto sutilmente alterada.

—Bueno... Sé que crees que estuvo mal que Mandy hiciera lo que hizo, que me dejara algo que consideras tuyo, y tal vez hizo mal...

–No estamos debatiendo lo que Amanda hizo o no hizo mal.

–No. En ese caso, si te soy totalmente sincera, supongo que me habría gustado salir de Londres. Llevo aquí un tiempo y es para volverse loca.

–E ingrato, me imagino.

–¿Qué quieres decir? –resultaba desconcertante estar allí hablando con él sin captar rencor y furia bajo cada palabra, pero Angelo se había ocupado de Ian probablemente mejor de lo que lo habría hecho nadie, incluso la policía.

–Alquilar un lugar así, tirar el dinero por la ventana o, mejor dicho, dárselo a un casero que seguro que te ofrece lo mínimo. Trabajar tantas horas con un sueldo mediocre que tampoco puedes desperdiciar porque necesitas acumular experiencia. Supongo que debe de ser desalentador mirar al futuro desde esa posición y preguntarte si nada va a mejorar.

Rosie no se había planteado las cosas con tanta crudeza.

–Eso no es así del todo –protestó.

–Aunque, claro, tendrás el dinero de la casa para invertir en algo.

–Supongo que sí.

–Me imagino que la competencia en Londres debe de ser dura en el negocio del catering. Es más, yo tengo un chef personal excelente, como ya sabes, que tiene su propio servicio de catering y sé que sus clientes más valiosos son la gente que lo contrata de manera habitual. Como yo. Entra en Internet, busca «catering en Londres» y encontrarás montones de resultados –se echó hacia delante y la rozó con el brazo al abrirle la puerta–. Te acompaño adentro. Y, por favor, no me digas que no hace falta.

Mientras Rosie abría la puerta era demasiado consciente de su presencia tras ella, tan cerca que podía sentir la calidez que irradiaba su cuerpo.

—Bueno, ahora que todo está decidido, ¿le digo al señor Foreman que contacte contigo para hablar de la venta de la casa? No sé qué hay que hacer después. ¿Hay que hablar con agentes inmobiliarios o podemos ocuparnos nosotros de las gestiones?

Al entrar en la casa, ella dejó la puerta entornada como suponiendo que él no se quedaría, que solo la había acompañado, pero Angelo la cerró firmemente.

—Creo que después de todo por lo que hemos pasado, me merezco una taza de café.

Rosie vaciló un momento antes de reaccionar; tomar un café con él en su casa, sentados en su estrecha e incómoda cocina se le hacía mucho más íntimo que tomar un capuchino en un restaurante rodeados de gente y empleados excesivamente obsequiosos.

—¿Has pensado en cómo te lanzarías al negocio del catering? —una vez en la cocina, Angelo sacó el tema con tenacidad. Si ella aceptaba el dinero y se marchaba, no volvería a verla y si eso sucedía ya no podría sacarla de su vida del modo que había ideado: acostándose con ella. Precisamente por eso tenía que intentar hacerle cambiar de opinión.

—Solo había pensado en ello en relación con la casa —no quería hablar del tema ni de ese negocio que parecía tener tantos inconvenientes aunque, por otro lado, ¿no estaría bien oír los consejos de un hombre que había logrado un gran éxito con sus negocios? ¿No sería positivo pedirle opinión? Ella sabía mucho de cocina, pero en temas de finanzas era pésima.

Le preparó una taza de café y, cuando iba a dejársela en la mesa, lo vio levantarse e ir hacia el salón.

–Este sofá hundido es un poco menos incómodo que las sillas de la cocina. Por si no te has fijado, un hombre de mi tamaño no está hecho para sillas tan pequeñas.

Rosie, que se había fijado demasiado bien, no dijo nada. Lo siguió hasta la sala de estar, donde él se acomodó en el sofá, apartó los cojines que ella había comprado específicamente para camuflar la sosa tapicería marrón y arrastró la mesita de café hasta su lado indicándole que le dejara allí la taza.

–Coméntame tu plan de negocios. Necesitarás uno. Lo que saques de la venta de la casita no cubrirá el lanzamiento de un nuevo negocio y la compra de otra casa.

Rosie frunció el ceño. Se había sentado en la silla más alejada de él; era muy incómoda, pero no tenía otra opción después de que él hubiera monopolizado el sofá.

–¿Qué quieres decir?

–La casita es encantadora y está en un enclave precioso, pero es pequeña y el precio que puedes sacar por ella es limitado. Además, comparte acceso a mi casa y eso la mayoría de la gente lo encontraría inaceptable. Por otro lado, no puedes venderla mientras no esté solucionado el tema de los límites de la propiedad.

–Cierto –no había pensado en ello.

–No sé cuánto llevará solucionar esa pequeña cuestión. Podrían ser días, semanas o meses.

–Supongo que era demasiado bonito para ser verdad –Rosie suspiró–. Seguro que estás muy contento con todo esto –continuó sin rencor–. Lo curioso es que allí me he sentido como en casa. Era como si me hubiera reencontrado con la antigua Amanda, la que conocía antes de que... antes de todo –se aclaró la voz y se movió en la silla–. Lo bueno es que Ian ya no vendrá más por aquí y que puedo seguir con mi vida sin miedo. No tiene sentido elaborar un plan de negocio. Si alguna vez se vende la casa, entonces puede que vuelva a pensar en ello. Si no, no pasa nada.

–Pareces incómoda en esa silla –le hizo sitio en el sofá y le indicó que se sentara.

–Aquí estoy bien –¿sentiría lástima por ella como los vencedores que se compadecen de la persona que acaban de derrotar?

Lo miró con recelo mientras él la observaba y ladeaba la cabeza. Cuando se levantó y fue hacia ella, Rosie prácticamente dio un salto en el asiento. Angelo se echó hacia delante y ella se echó atrás todo lo que pudo. Pero ¿qué estaba haciendo? Se había remangado la camisa y Rosie posó la mirada en sus musculosos antebrazos salpicados de un fino vello oscuro.

Fascinada, miró cómo ese vello rozaba la correa de plata de su reloj y pudo recordarlo quitándoselo antes de empezar a desnudarse ante su atenta mirada. Siempre había estado increíblemente seguro de sí mismo en lo que respectaba a su cuerpo. Más que eso: le había gustado mirarse. En una ocasión hasta le había dicho que no había cosa que lo excitara más.

–¿Qué estás haciendo? –le preguntó carraspeando.

–Un ligero cambio de tema.

–¿Cómo dices? –confundida, alzó la mirada hacia él y separó los labios. Apenas podía respirar.

–Dejemos el tema de la casa y si se venderá o no. No hay mucho más que se pueda decir al respecto ahora y no hacemos más que repetirnos. No, lo que de verdad me gustaría hablar contigo, lo que llevo pensando varios días, es qué pasó la otra noche.

–¿La otra noche?

Angelo fue hacia la ventana que, con su pintura desconchada, daba a la calle y era el único atractivo de la habitación. Se apoyó contra ella y se metió las manos en los bolsillos. Rosie se fijó en cómo la elegante tela de sus pantalones se ceñía sobre su pelvis y tuvo que mirar a otro lado.

—En la casa. Justo antes de irme.

—Preferiría no hablar de ello.

—¿Por qué no? Entiendo que puedas sentirte un poco avergonzada porque te me insinuaste y te rechacé, pero sigo pensando que deberíamos hablar de lo que pasó.

—Sé que me guardas rencor, Angelo, pero si esta es tu idea de divertirte a mi costa no me hace gracia. Te he dicho que no quiero hablar de lo que pasó. Sí, de acuerdo, te estoy muy agradecida por cómo te has ocupado de Ian, pero eso no significa que puedas decirme lo que quieras y humillarme como te plazca. Esta es mi casa y creo que es hora de que te vayas.

—¿Crees que eso es lo que intento hacer al querer hablar de lo que pasó entre nosotros?

—No ha pasado nada entre nosotros.

—Pero estuvo a punto.

—Es hora de que te marches.

—¿Tanto miedo tienes? ¿Preferirías echarme de tu casa antes que charlar conmigo?

—No hay nada de qué hablar, Angelo. Cometí un error. Fue una estupidez. No puedo borrarlo, pero tampoco quiero hablar de ello para que te diviertas.

—A lo mejor yo también cometí un error —le respondió con una voz curiosamente suave. No fue lo que Rosie se había esperado oír—. Tal vez debería haberme enfrentado a la realidad.

—No sé de qué estás hablando.

—No, no quieres saber de qué estoy hablando, Rosie. Quieres hacer como si ahora que el tema de la casa está en punto muerto pudieras marcharte sin más sin mirar atrás. Le das instrucciones a un abogado, él lo mueve todo, pero luego renuncias al juego en cuanto te acercas demasiado a mí.

Rosie lo miró en silencio. Podía seguir discutiendo con él, diciéndole que no sabía de qué estaba hablando, pero ¿cómo podría negar lo obvio? ¿Cómo podía negar cómo se encendían sus mejillas cada vez que él estaba cerca? Por mucho que quisiera mostrarse distante, jamás olvidaría cómo había puesto fin a su relación, como se había metido en la cama con su amiga y después se había casado con ella. Y a pesar de todo eso, no podía ignorar el efecto que Angelo seguía surtiendo en ella.

—Ni siquiera me caes bien. ¡Te casaste con mi mejor amiga! —las lágrimas se acumularon en su garganta y adensaron su voz. Miró a otro lado porque no quería ir por ese camino, no quería remover el pasado. Solo quería seguir adelante, aunque ¿cómo iba a hacerlo si lo tenía a escasos metros obligándola a afrontar algo que ella no quería reconocer?

—¿Y crees que tuve elección? —contestó Angelo apartándose de la ventana. Se pasó la mano por el pelo y se preguntó adónde estaba dispuesto a llegar para llevársela a la cama. ¿Estaba preparado para destapar cosas que estaban mucho mejor enterradas? ¿Le permitiría su orgullo hacerlo? ¡No!

Rosie se quedó impactada con la respuesta. No sabía de qué hablaba. Por supuesto que había tenido elección. Él no habría permitido que lo forzaran a hacer algo que no quería, pero aun así, lo había negado con una ferocidad y una amargura que la confundieron.

–¿Qué quieres decir?

–Quiero decir que aún nos atraemos, Rosie. Qué bonito, ¿verdad? Después de todo por lo que hemos pasado. Cuando te vi en el funeral... No puedo creer que hubiera olvidado lo sexy que eres. O tal vez no lo había olvidado. Tal vez había apartado ese recuerdo para no tenerlo cerca. ¿Es eso lo que tú has hecho también?

–¿Qué has querido decir con eso de que no tuviste elección?

–Dejemos eso, Rosie. El pasado es pasado, pero por desgracia nos ha dejado un presente algo incómodo. Te rechacé en la casa porque no me paré a pensar en la atracción que sentimos.

Rosie estaba asombrada. ¿Cómo podía estar hablando de la química que crepitaba entre los dos con una voz tan fría e indiferente? Cuando hablaba de la situación, era como si estuviera hablando del tiempo o de algún incidente en la autopista M25.

–¿Y ahora?

–Pareces tan rígida como una tabla de madera –respondió secamente. Una parte de él estaba impactada por lo que estaba haciendo. Estaba yendo detrás de una mujer que no tenía cabida en su vida. Estaba elevando el sexo a algo de lo que no podía prescindir. Era una debilidad que no podía controlar.

–¿Cómo esperas que esté relajada? –se levantó de la silla y empezó a pasear por el salón. Cuando había contestado la llamada de Angelo y había hecho lo impensable, lo inesperado al pedirle ayuda, no se había imaginado que la noche terminara así. Se paró y lo miró–. ¡Esta es la conversación más rara que he tenido en mi vida!

–¿Por qué? ¿Porque estamos hablando de sexo?

¿Terminando una conversación que tú empezaste al tocarme?

—No sé en qué estaba pensando cuando lo hice.

—No estabas pensando. Estabas actuando por impulso. Era yo el que pensaba y hay que decir que a veces no vale la pena pensar tanto. Tengo una proposición para ti —dijo al acercarse al sofá, que miró como si tuviera gérmenes antes de probar con la tercera silla que había en la sala.

—¿Qué clase de proposición? —le preguntó ella sentada otra vez. Le dolía la espalda por el respaldo de la silla y le temblaban las piernas; además, el hecho de haber estado caminando por el salón como una fiera enjaulada la hizo sentirse extraña y vulnerable. Le sudaban las palmas de las manos y se sentía incómoda con el vestido negro.

Angelo se echó hacia delante y apoyó los antebrazos en los muslos.

—No podemos ocultar el hecho de que nos atraemos.

—No nos caemos bien.

—Esa no es la cuestión. Durante los últimos tres años, dime sinceramente, ¿has logrado sacarme de tu cabeza?

Rosie pensó en esa cita a ciegas con Ian y en los motivos que la habían animado a aceptarla. Desde que Angelo había desaparecido de su vida, se había ocultado en el trabajo y sepultado tras una pared de hielo. Se sonrojó y se quedó en silencio, lo cual fue una respuesta en sí misma.

—Me hago una idea.

—No, creo que no, Angelo. ¿Piensas que porque nos sentimos atraídos deberíamos hacer algo al respecto? —soltó una risita histérica, pero cuando lo miró vio que a él no le hacía ninguna gracia—. La atracción física no dura. Se esfuma con el tiempo. Te acostaste con mi amiga.

–No vayas por ahí.

Ojalá Rosie conociera las circunstancias de aquella noche, cuando él la había acribillado con la información que marcaría el final de su relación. Era un recuerdo que tenía guardado con llave y que no sacaría jamás. Era un momento del que se sentía avergonzado. Había estado borracho, furioso y dolido. Incluso era posible que hubiera llorado. ¿Cómo podía haberle llegado tan hondo una mujer? ¿Adónde había ido su aptitud natural para protegerse?

–Estás loco.

–¿Lo estoy? –se levantó y ella se quedó paralizada al verlo acercarse lentamente. Cuando estuvo al lado, deslizó un dedo sobre su mejilla.

En su cerebro Rosie sabía que se oponía a esa caricia tan fugaz e íntima, pero por desgracia su cerebro había dejado de comunicarse con su cuerpo, que había tenido una respuesta vergonzosamente instantánea. Una humedad se extendió entre sus piernas, empapando su ropa interior. Podía sentirla. Y entonces, galopando a una velocidad vertiginosa, una serie de imágenes se colaron en su mente: imágenes de ese dedo acariciándola entre los muslos, separando los suaves pliegues que protegían su clítoris, rozando esa pequeña elevación hasta hacerla gritar y pedir más. Le pesaban los pechos y sus pezones se tensaron. Él conocía muy bien su cuerpo. Era como si no hubiera pasado el tiempo desde que fueron amantes.

¿Cómo era posible? ¿Cómo podía estar sintiendo eso? Pero sabía que era la misma reacción física e instintiva que le había hecho alargar la mano y acariciarle el torso en la casita de campo.

Él coló el muslo entre sus piernas y bajo su vestido

negro moviendo su rodilla con una delicada presión que desató unas oleadas de placer que le hicieron contener un grito ahogado. Nadie la había vuelto a tocar después de él. No había sido capaz de dejar que ningún hombre se le acercara. Y que él la tocara ahora electrificó su cuerpo e hizo que se le cerraran los ojos.

—Me deseas —Angelo estaba a punto de perder el control—. Puedo sentirlo... puedo oírlo...

—Angelo, por favor.

—¿Por favor, qué? ¿Por favor, provócame un orgasmo? ¿O por favor, pon la boca donde tienes la rodilla? Porque sé cuánto te gusta eso, Rosie, al igual que sé lo sensibles que son tus pezones y cómo una caricia de mi lengua puede hacerte llegar al éxtasis.

A regañadientes, Angelo apartó la pierna y una marca de humedad en su rodilla fue la prueba de lo excitada que estaba, a pesar de haber dicho lo correcto y haberse controlado.

Angelo permaneció a su lado. Rosie seguía respirando entrecortadamente, y se bajó el vestido porque se le había subido hasta las caderas. Le temblaban las manos. Apenas podía pensar con claridad.

—Aún tengo que hablarte de mi proposición —murmuró él y ladeó la cabeza.

—Sé lo que es, Angelo. Nos metemos en la cama como un par de adolescentes excitados que son demasiado estúpidos para pensar en las consecuencias.

—¿Quieres entrar en el negocio del catering? Te daré tu primer trabajo. En Cornualles. Conozco a toda la gente importante de por allí. No tendrás que invertir en equipo y yo mismo te proporcionaré un pequeño coche. Podrás devolvérmelo cuando empieces a ganar dinero o vendas la casa. O también podrías no devolvérmelo. Para mí es irrelevante...

Rosie parpadeó atónita. Nunca unas palabras tan suavemente pronunciadas habían contenido tanto peligro. Estaba escuchando cómo le proponía un pacto con el diablo.

—Lo sé. Emocionante, ¿eh? Justo cuando creías que tu barco se había hundido.

—No me puedo creer que esté oyendo esto.

—No te molestes en intentar buscar una respuesta recatada y virginal, Rosie. Jamás te saldría. Estoy ofreciéndote el trato de tu vida, por así decirlo.

—No soy una... una...

—Creo que sé la palabra que intentas decir, pero dejémosla en el aire. Me gusta pensar que lo que tenemos aquí es el acuerdo perfecto —dibujó con su dedo la silueta de uno de sus pechos y se rio cuando ella se apartó remilgadamente.

Se levantó, acercó la silla para estar frente a ella y apoyó los brazos en el respaldo.

—¿Cómo puedes decir que acostarnos juntos es el acuerdo perfecto?

—No nos olvidemos de los beneficios: felicidad, prosperidad y seguir adelante están a la vuelta de la esquina. Y, por ponerle un poco más de dulzura al trato, puedes mudarte a la casa, tendremos nuestra aventura, nos alejaremos el uno del otro y yo lo vendo todo cuando esto termine —«o, mejor dicho, cuando yo decida que todo termine...».

—¿Que lo vendes todo?

—No le veo la gracia a tener una propiedad cuando tú vives en el mismo terreno. Supongo que estaremos deseando librarnos el uno del otro cuando llegue el momento.

—Pero creía que querías explotar el terreno.

—Convertirlo en un hotel de lujo, pero sinceramente,

me estoy expandiendo hacia el Lejano Este y podría ahorrarme las molestias de abrir algo en Cornualles. El dinero invertido en Tecnología de la Información está garantizado, el dinero invertido en un complejo hotelero, no tanto. En un principio lo había visto como un hobby, pero estoy más que dispuesto a renunciar a ese entretenimiento a cambio de, digamos, hacer un bien mayor —se encogió de hombros—. En cualquier caso, tengo una cadena de hoteles ecológicos por toda Europa. Un hotel más podría considerarse un exceso.

—¿Cómo puedes ser tan frío?

Angelo esbozó una sonrisa. ¿En serio? ¿Que cómo podía él ser tan frío? Esa chica no tenía precio. ¡Lo había desplumado y tenía la cara de decirle que era frío!

—A ver, resumiendo. Te mudas a la casa, porque no creo que vayas a echar de menos este agujero. Si tienes que perder la fianza, la acabarás compensando. Inmediatamente yo celebraré una fiesta o varias fiestas para hacer circular tu nombre. Yo también tengo una cantidad de contactos impresionantes. Hablarles de ti a las personas adecuadas te garantizará el negocio. Piensas que soy frío, pero soy realista. Han pasado tres años y te has encendido en cuanto te he tocado, y lo mismo me pasa a mí. Te quiero dentro de mi cabeza tan poco como tú me quieres dentro de la tuya y el único modo de acabar con eso es meternos en la cama y destruir cualquier resquicio de pasión que nos pueda quedar.

—¿Y si no quiero?

—Querrás, Rosie. Podrías ganar mucho dinero, ¿por qué no ibas a querer?

Capítulo 6

POR qué no iba a querer? ¿Qué clase de pregunta era esa?

¿Tal vez porque no se vendería bajo ningún concepto? ¿Porque no permitiría que la tocara un hombre cuyas palabras siempre estaban manchadas de odio hacia ella? ¿Cómo podía ofrecerle un acuerdo de sexo sin más? ¿Cómo podía pensar que se meterían en la cama, olvidarían lo que había pasado entre ellos y fingirían que no había existido?

Rosie deseó haber sido tan coherente entonces como lo estaba siendo en ese momento, tres días después. De hecho, ante su atroz propuesta, no había logrado más que una pobre protesta antes de quedarse con la boca abierta cuando él se había ido dejándola allí sola y dándole vueltas a la proposición.

Por desgracia, no había podido decirle nada más porque él se había marchado a Singapur en viaje de negocios y le había dejado un mensaje diciéndole que hablarían a su regreso.

Rosie no tenía ninguna intención de hacer algo así. Por el contrario, sí que llamó a James Foreman, que le confirmó que vender la casa de campo sería un negocio prolijo que dependería del asunto de los límites de la propiedad.

—Bueno —Rosie respiró hondo y se decidió—. No voy a vender ahora mismo —el brutal resumen que Angelo había hecho de sus logros hasta el momento y la promesa de un futuro que era mejor que el presente le habían hecho pensar. Podía pasarse el resto de sus días intentando montar su propio negocio, invirtiendo dinero para ver cómo todo se derrumbaba, o podía darles la espalda a las luces de la ciudad y probar suerte en un estanque mucho más pequeño. Los clientes potenciales podrían ser menos allí, pero también la competencia.

No pensaba aceptar limosnas de Angelo a cambio de sexo, pero ¿por qué no iba a promocionarse ella misma? ¿Por qué no ir al campo, imprimir tarjetas de visita y dejar anuncios por las puertas? Incluso podría pedirle a Jack que le diseñara una página web. Se le daban muy bien esas cosas.

¿Por qué no iba a aprovecharse de lo que le había caído del cielo? Amanda nunca le habría dejado la casa de no ser porque se sentía culpable por lo sucedido. James Foreman lo había dicho y ella lo había creído.

¿Por qué iba a rendirse ahora? ¿Por qué iba a pensar que solo podría salir adelante si Angelo movía los hilos por ella? ¿Por qué iba a dejarle ser la mano poderosa que movía a la marioneta?

Tres meses atrás, no se había planteado salir de Londres ni siquiera con la presencia de Ian. Siempre había creído que había encajado en la vida cosmopolita y que allí se quedaría para siempre intentando abrirse camino. Amanda, la amiga que le había destrozado la vida, ahora le había dado una oportunidad que le permitiría forjarse otra vida. ¿Y no le había dicho Angelo que lo vendería todo si ella se quedaba a vivir en el campo? Por supuesto, había sido tan tonto de pensar que eso de vender su propiedad sucedería una vez se hubieran cansado el uno del otro.

Rosie sonrió de satisfacción al pensar en semejante locura. ¿Acaso creía que haría lo que él decía solo porque la había rescatado de Ian?

Si se mudaba a la casa, el asunto de los límites del terreno podría tratarse con más tiempo. Valía la pena ser optimista y no dejaría que Angelo la espantara señalando todo lo que podía salirle mal. No le daría ese poder. Y tampoco se dejaría manipular para acostarse con él. Podía ser un hombre terriblemente persuasivo y no dudaría en aprovecharse de haberle hecho el favor de librarla de Ian.

Estaba tan animada por ese repentino optimismo que estaba deseando que Angelo llamara para dejarle las cosas claras. Sin embargo, se quedó muy decepcionada cuando no se puso en contacto con ella.

—Seguro que le dejé las cosas muy claras y se ha echado atrás —le dijo a Jack dos semanas después mientras preparaba su viaje definitivo al campo, el viaje que cortaría sus lazos con Londres.

Ya se había desplazado hasta allí varias veces para ir llevando sus cosas, y para ello había tenido que echar mano de sus ahorros, pero la luz al final del túnel era una motivación fantástica. Además, ya tenía impresos las tarjetas de visita y los anuncios, y Jack le había diseñado la página web.

—O a lo mejor —dijo Jack—, ha encontrado a otra. Después de todo, ahora es un hombre libre. A lo mejor ha decidido que está mejor con alguien que no tiene nada que ver con su pasado.

—Esperemos —no había pensado en eso. Mientras había estado ocupada odiándolo y ensayando los discursos desdeñosos con los que le mostraría lo equivocado que había estado al pensar que se metería en la cama con él, no se había parado a pensar en la posibilidad de que se hubiera cansado de la situación y hubiera decidido alejarse.

No había contemplado la posibilidad de no volver a verlo.

Habló con Jack un rato más y él prometió ir a verla una vez estuviera instalada. Se pasó diez minutos dándole vueltas otra vez al tema de cómo Angelo se había librado de Ian y durante ese tiempo Rosie fue consciente de un vacío en su interior al imaginarse a Angelo desapareciendo sin mirar atrás. Sin embargo, se dijo que ese pensamiento era fruto de la frustración por haber preparado un discurso maravillosamente sarcástico y no haber tenido la oportunidad de soltárselo a la cara.

Estaba emocionada con la idea de que Angelo se hubiera echado atrás. Estaba deseando empezar con esa nueva fase de su vida y sería toda una ventaja no tenerlo acechando como un amargo y vengativo recordatorio de un pasado que intentaba dejar atrás.

Al menos eso fue lo que se dijo en los siguientes quince días, durante los cuales descubrió lo escasos que eran sus ahorros al verlos ir menguando según compraba plantas, menaje de cocina, pintura para poder alegrar un poco las paredes y comida. No estaba entrando nada de dinero y su teléfono seguía sin sonar.

A la tercera semana, justo cuando la desesperación estaba empezando a hacer mella en su optimismo, recibió una llamada para un primer trabajo.

Rosie estaba exultante y sonriendo cuando, esa misma noche, sonó el timbre y al abrir la puerta se encontró con Angelo. Invadida por la euforia de tener su primer cliente, había abierto sin pensar en quién podía ser.

Y, entonces, una vez más, se vio bombardeada por emociones encontradas: decepción, consternación, inquietud. Y en lugar de poder situar su mente en el lugar donde la había tenido las últimas semanas, sintió una vertiginosa emoción que le hizo sentir como si de pronto hubiera conectado su cuerpo a un enchufe.

—Te sienta bien la vida del campo —murmuró Angelo—. Te brillan los ojos y pareces relajada.

Su ausencia durante el último mes había sido intencionada; había decidido alejarse, darle tiempo para asimilar la propuesta. Tenía intención de tomarla y se aseguraría de mantener el control de la situación en todo momento.

—¿Qué haces aquí?

—¿Me has echado de menos?

Rosie se puso colorada.

—No. No te he echado de menos, Angelo. He estado ocupada instalándome. ¿Por qué estás aquí?

—Has pintado las paredes. ¿Por qué en azul?

—Aún no me has dicho por qué has venido. Estoy muy ocupada.

—¿Haciendo qué? —Angelo se lo estaba pasando muy bien. Le gustaba ese tono rosa que salpicaba sus mejillas y el gesto furioso de su perfecta boca. Llevaba un peto vaquero con uno de los tirantes desabrochados de modo que podía ver su camiseta de color crema ciñéndose a sus pechos. Estaba claro que había estado trabajando en el jardín; el clima era maravilloso, con el cielo azul y una fresca y agradable brisa—. No, no respondas a eso. Has estado en el jardín —le arrancó unas ramitas secas que se le habían clavado en la gruesa tela del peto y ella dio un paso atrás rápidamente—. Son solo unas ramitas —dijo sosteniéndolas entre los dedos—. Y demuestran que has estado ensuciándote con la Madre Naturaleza. Menudo cambio con respecto a la chica con la que salí.

–La chica con la que saliste trabajaba en una coctelería –le contestó mientras su cuerpo aún echaba humo allí donde él la había tocado brevemente.

–¿Es que no vas a invitarme a pasar? Parece que es la pregunta que siempre me veo obligado a formular cuando me presento en tu puerta.

–A lo mejor eso significa que no deberías presentarte en mi puerta.

–Pues la última vez no te quejaste, ¿a que no, Rosie? –murmuró por si ella se había olvidado de su actuación como caballero de la brillante armadura.

Durante el último mes había hecho poco más que pensar en ella y su poder de concentración había sido lamentablemente débil. Ahora que la tenía delante, emplearía todas las armas de su arsenal para llevarla exactamente a donde quería. De pronto, recordó las revelaciones de Amanda y una fría sacudida de furia lo hizo sentirse decidido a meterla en su cama y dar comienzo al proceso de sacarla de su vida para siempre.

A Rosie se le salía el corazón. Tenía una presencia tan elegante y peligrosa que no podía dejar de mirarlo.

–No pienso pasarme el resto de mi vida teniendo que darte las gracias por haberme librado de Ian.

–La gratitud eterna no es algo que necesite.

–Y aun así te parece necesario recordarme lo que hiciste.

–Cuéntame qué has estado haciendo mientras he estado fuera –dijo Angelo cambiando de tema. Al mirarla, se aseguró de hacerlo fijamente, de recorrer cada centímetro de su rostro haciendo que la realidad que tenía ante sí coincidiera con la imagen que lo había perseguido durante las últimas semanas. ¡Jamás se había dado tantas duchas frías!

–El señor Foreman me ha dicho que el tema de las

tierras y los límites podría alargarse mucho –logró obligar a su cuerpo a moverse y pasó por delante de él, fue hacia la cocina y salió al jardín trasero donde había estado trabajando dividiendo la tierra fértil para poder cultivar las hierbas y verduras que le serían muy útiles cuando, con suerte, sus trabajos de catering empezaran a despegar.

Por el rabillo del ojo lo vio sentarse en la tumbona que había comprado muy barata en uno de los centros de jardinería. No iba vestido para disfrutar del aire libre. Sus abrillantados zapatos hechos a mano ya se habían embarrado un poco. Su chaqueta parecía fuera de lugar, al igual que su camisa blanca, aunque se había quitado la corbata y probablemente la había metido en el bolsillo del pantalón, un hábito que le resultaba familiar en él.

–¿De qué te ríes? –preguntó Angelo estirando sus largas piernas y recostándose en la tumbona dejando que el sol rozara su cara.

–Supongo que aquí no te sientes muy cómodo, ¿verdad? Se te van a llenar los zapatos de barro. Con esa ropa lo que necesitas es estar en un despacho, no aquí fuera.

Cuando habían estado juntos habían disfrutado al máximo de Londres, de sus sofisticados restaurantes, sus caros teatros y sus oscuros e íntimos clubs, pero nunca habían salido al campo. Ahora ese recuerdo parecía casi un sueño.

Angelo respondió quitándose los zapatos y los calcetines, subiéndose los pantalones hasta la rodilla y tirando la chaqueta sobre el mango de la carretilla en la que ya había un montón de hierbajos acumulados.

–¿Mejor? ¿O tengo que quitarme algo más?

Rosie, furiosa, arrancó más hierbajos e intentó ignorar la sexy pregunta retórica. Su conversación a medias pendía en el aire y no sabía cómo actuar. ¿Debería lanzarse a soltar el discurso que llevaba ensayando todo el mes? ¿Debería decirle claramente que no necesitaba favores suyos? ¿Que por mucha o poca atracción que sintiera por él no era suficiente para contemplar la idea que le había propuesto?

–Se te va a estropear la chaqueta.

–Tengo muchísimas más.

Rosie se limpió las manos en el peto vaquero, dobló la chaqueta y la tendió sobre la otra tumbona.

–No hace falta que hagas eso, pero bueno, supongo que los viejos hábitos nunca mueren.

–Me decepciona que sigas siendo un vago –la enfurecía que tuviera toda la razón. Cuando habían estado juntos, a él le había divertido mucho que ella se enfadara por lo descuidado y desorganizado que era. Dejaba las cosas por todas partes, le decía que no hacía falta que las recogiera porque para eso tenía a una asistenta todos los días y ella lo ignoraba y se quejaba de que unas ropas tan caras tenían que tratarse apropiadamente.

Angelo se rio, se estaba relajando.

–Nunca te he dicho esto, pero es una de las ventajas de tener mucho dinero. No me gusta ordenar y ahora puedo permitirme pagar a alguien para que lo haga por mí.

–Tú siempre has tenido mucho dinero –Rosie se acuclilló y lo miró fijamente. Sabía que era peligroso entablar un diálogo con él, pero sentía curiosidad. Su relación había sido muy intensa y no había tenido tiempo de pasar por la fase en la que las cosas se calman y surgen las preguntas y se cuentan detalles personales. A ella le había parecido bien no llegar a eso porque cuanto menos supiera él sobre su pasado, mejor. Del mismo modo, él había evitado hablar de su vida y ella había dado por hecho que su riqueza era hereditaria. ¿Qué más daba? Eso había sido algo ajeno a todo lo demás: la pasión, la diversión, la maravillosa sensación de estar en una montaña rusa con un tipo del que se había enamorado perdidamente.

—Mi madre tenía dos trabajos —le respondió él secamente—. Uno de ellos era limpiando. Mi padre se esfumó. Así que, como puedes ver, ¿puede que haya algún vínculo psicológico? ¿Tal vez poder permitirme pagar a alguien para que recoja por mí es un recordatorio permanente de lo lejos que he llegado? —no estaba seguro de por qué, de pronto, había decidido compartir todo eso con ella a pesar de saber muy bien que cuanto menos dijera, mejor.

—No me lo habías contado —furiosa, Rosie arrancó más hierbajos y se echó atrás para observar su trabajo, aunque por dentro seguía totalmente centrada en Angelo. Se sentó en la tumbona después de dejar la chaqueta sobre la mesa de hierro forjado que acababa de comprar en una subasta por muy poco dinero—. ¿Cuándo llegaste aquí?

Al haber iniciado la conversación, Angelo se veía obligado a prolongarla, aunque en el fondo no le apeteciera. Charlar no era el motivo de su visita. Chasqueó la lengua con impaciencia cuando ella siguió mirándolo con esa falsa y atractiva curiosidad de la que sabía que no debía fiarse.

—Tenía trece años. Gané una beca para estudiar en el extranjero. El Ayuntamiento había creado un programa para intentar generar interés en los estudios con la promesa de pagar internados en Inglaterra a los tres mejores estudiantes de los colegios más marginales.

–Y ganaste.

–Mi madre me convenció de que era una buena idea. Creo que predecía que me iría muy mal si me quedaba allí, así que vine sin mirar atrás.

–¿Sabías hablar inglés?

–¿Cuánto italiano hablabas tú con trece años?

–Debió de ser terrible –la recorrió un escalofrío al pensar en lo mucho que tenían en común sin haberlo sabido. Dos personas con orígenes desfavorecidos haciendo todo lo posible por huir, con la diferencia de que él logró triunfar un millón de veces más que ella.

–¿Te compadeces de mí? –murmuró Angelo dándole a su voz la cantidad justa de cinismo para disuadirla de tomar el camino de la compasión.

Rosie se puso tensa. Angelo estaba recalcando claramente el abismo que los separaba, advirtiéndola de que no fuera tan tonta de pensar que cualquier conversación que tuvieran podría ser verdaderamente amistosa. Le recordó que no había ido allí a charlar, sino porque tenía una agenda que cumplir.

–Tengo que ir a darme una ducha, Angelo. Me imagino que vas a estar en tu casa, esté donde esté –había contenido la tentación de salir a dar un paseo y buscarla–. Así que si no has venido por ninguna razón en particular, deberías marcharte ya.

Angelo la miró detenidamente, tomándose su tiempo, y cuando volvió a mirarla a la cara, encontró un rubor varios tonos más intenso.

–Me quedaré un rato más disfrutando del paisaje. Me gustaría saber qué tal van tus planes –sabía cómo iban; en realidad, gracias a él había recibido el primer encargo y suponía que no sería el último. Verla caer ya no era su objetivo, porque no se mostraría muy receptiva si estaba angustiada por el dinero.

Rosie vaciló. Tal vez era el momento de decirle que no le interesaba, que estaba loco si se pensaba que volvería a meterse en la cama con él.

En su cabeza tenía una vívida imagen de un chico de trece años, sin hablar inglés, llegando a un internado exclusivo con una maleta de ropa de segunda mano y zapatos baratos. Ella sabía cómo eran los niños de clase alta. En las afueras de la ciudad donde había crecido había uno de esos colegios y el centro comercial había sido el punto de reunión de todos los adolescentes, tanto ricos como pobres. Cada fin de semana esos chicos se la habían comido con los ojos y habían dado por hecho que aprovecharía la oportunidad de estar con alguno de ellos. Las chicas la habían mirado con desdén de arriba abajo por su imponente físico mientras sujetaban las bolsas de ropa de las tiendas a las que Rosie solo podía soñar con entrar. Su corazón se compadecía por el chico que había tenido que sufrir todo eso para convertirse en lo que era.

Volvió a la realidad y se vio frente al hombre que la había abandonado por su mejor amiga y que ahora quería manipularla para que se acostara con él.

—Pues mis planes marchan bien —le contestó con frialdad.

—¿En serio? Soy todo oídos —se levantó, agarró su chaqueta y los zapatos.

A Rosie no le parecía justo que a pesar de los pantalones remangados, los pies descalzos y la camisa medio sacada se las apañara para seguir resultando peligrosamente sexy. ¿Cuántos hombres podían decir lo mismo?, se preguntó irritada.

—Te sigo adentro.

Rosie vaciló unos segundos antes de recoger las cosas e ir hacia la puerta.

—¿Dejo fuera mis zapatos llenos de barro? —le preguntó Angelo con tanta inocencia que ella se giró para mirarlo. Él alzó los zapatos. Ella se había descalzado en la puerta y ahora llevaba unos gruesos calcetines—. Tu casa está muy limpia y sé que siempre te ha enfadado lo desastre que soy.

—Y no parece que hayas intentado cambiar tus hábitos.

—No es culpa mía que siempre me resultara muy sexy verte agachándote a recoger mis chaquetas del suelo.

Rosie no quería recordar cómo la había agarrado en ocasiones y la había dejado sin aliento con sus cosquillas mientras le quitaba la ropa y la iba tirando por todos los rincones de la habitación en la que estuvieran diciéndole que si hacían el amor, él se encargaría de recogerlo todo después.

—Tenemos que hablar, Angelo.

—Ibas a contarme cómo te está yendo con tu nuevo negocio.

—Sé por qué has venido aquí. Quieres hablar sobre lo que me dijiste la última vez que nos vimos —se cruzó de brazos y esperó.

—Recuérdamelo.

—Tengo mi primer trabajo, Angelo. No es muy grande, pero es perfecto y tengo muchas esperanzas en que me genere otros encargos. Voy a convertir en un éxito este negocio y voy a aprovechar al máximo mi estancia en el campo. Me gusta. Supone un gran cambio de la ciudad. Es muy tranquilo. No necesito tu ayuda para encontrar trabajo. Si triunfo o fracaso, lo haré sin ti, porque creo que es mejor que cada uno vayamos por nuestro lado. Si no fuera por la muerte de Mandy no estaríamos teniendo esta conversación ahora mismo. No tenemos que... que...

—¿Qué?

—¡Ya sabes lo que quiero decir!

—Sé perfectamente lo que quieres decir —suavemente, enganchó el tirante de su peto con el dedo.

—¿Qué estás haciendo? ¡No hagas eso! —le dio una palmada en la mano, pero él estaba esbozando esa preciosa sonrisa que siempre había logrado desestabilizarla. Cuando le sonreía así, todo lo desagradable quedaba olvidado y solo quedaban ellos dos en su maravilloso y sensual mundo, lejos, muy lejos de la realidad y del resto de la humanidad.

Estaba respirando aceleradamente y, al dar un paso atrás, se chocó contra la pared. Estaba hipnotizada por sus ojos y por esa sexy media sonrisa. Él se apoyó en la pared junto a ella acorralándola y haciendo imposible que pudiera pensar.

—Me alegra que rechazaras mi oferta de ayuda.

—¿Sí?

—No me gustaría ponerte en una posición de subordinación, a pesar de lo que pude haber dado a entender la última vez que nos vimos —ahora ya no tenía ningún tirante sobre los hombros y el peto del pantalón se había bajado. Sus pequeños pechos se ceñían a la apretada camiseta y él podía distinguir la forma de su sujetador. Siempre le había asombrado que, a pesar de su trabajo como camarera, había tenido unos gustos curiosamente remilgados en cuanto a su ropa interior—. Quiero tocarte los pechos, Rosie. ¿Me dejas? Sabes que quieres que lo haga. Los dos lo sabemos.

—No lo entiendes. Eso no importa —su voz sonaba muy lejana. Sabía que debía colocarse los tirantes del peto, pero le pesaban los brazos y era como si no pudiera moverlos.

—Si no importara, no estaría aquí y tú no estarías esforzándote tanto en fingir que estarías mejor sin mí.

–¡Ya hemos probado a tener una relación, Angelo!

–Como te he dicho, no estoy hablando de una relación. No volveremos a eso nunca. No, esto será mucho más sencillo –hablar con ella lo estaba volviendo loco. Se había pasado semanas pensando en tocarla, en hacerle el amor, deseando que ella dejara de sabotear su concentración y de colarse en su tranquilidad mental.

Tiró de la camiseta, que por suerte se deslizaba con mucha facilidad, y se la quitó cerrando los ojos un instante al ver la pequeña tira de flores que le cubría la piel. ¿Aún no se había librado de ese sujetador? Rosie siempre se había negado a usar lencería de encaje y él se había ido acostumbrando a sus aburridas elecciones e incluso había llegado a tomarles cariño. ¿Cómo podía centrarse cuando estaba cautivado por lo que estaba viendo?

El peto había caído hasta su cintura exponiendo su esbelto tronco y la perfecta llanura de su abdomen. No quería perder el tiempo recordando lo fácil que había sido para él perder el norte con ella. Ahora lo tenía todo controlado, a pesar de no sentirse así.

–Angelo.

–Siempre me ha gustado que pronuncies así mi nombre, con esa vocecita entrecortada.

–No podemos. Hay demasiada historia entre los dos.

–Olvida esa historia –rodeó su cintura con sus grandes manos y las fue moviendo hacia arriba, acariciándola hasta que sus pulgares estaban rozando la parte inferior de su sujetador–. Lo único que quiero que pienses es en lo que le voy a hacer a tu cuerpo.

Rápidamente, deslizó las manos bajo el sujetador y cubrió sus pequeños pechos con ellas. El sujetador se levantó sobre sus nudillos y él se estremeció de placer al ver esos perfectos montículos con sus grandes y circulares discos rosados.

–Dime que no quieres esto –le susurró acercándose para que pudiera notar su erección.

Los argumentos de Rosie se estaban desdibujando, amontonándose cuando él empezó a jugar con sus pezones y a excitarlos.

–Me odias –gimoteó ella. Su cuerpo quería acercarse y, como si él la conociera mejor que ella misma, como si pudiera leer sus respuestas y reaccionar acorde a ellas, la levantó en brazos para llevarla arriba, al dormitorio que supuso que era el suyo y que estaba recién pintado y dominado por una vieja cama de bronce.

La tendió en la cama, se echó atrás y comenzó a desvestirse.

«Tenemos que despejarnos un poco», quiso gritar Rosie. Había preguntas que exigían respuestas y explicaciones que necesitaba, pero el peso del silencio de tres años ejercía presión en ella como una asfixiante mano. ¿De qué servía tener largas discusiones? ¿Adónde conducirían? A ninguna parte. Seguía habiendo algo entre ellos que había que eliminar. Era intenso, era físico y había estado latente en su interior desde que habían seguido caminos separados. No quería que ese algo fuera su permanente compañero, al igual que Angelo tampoco quería que fuera el suyo.

El orgullo y su sentido de la moralidad tal vez batallarían contra la fría perspectiva de acostarse con él, pero todos sus argumentos se derrumbaron cuando lo tuvo desnudo ante ella, más grande de lo que recordaba. Se terminó de quitar los vaqueros de peto bajo su mirada. Su descarada erección se equiparaba a la resbaladiza humedad que se había instalado entre sus

muslos y ambos eran testimonio de la poderosa atracción que seguía existiendo entre ellos.

Con un suspiro de resignación, Rosie se rindió a lo
inevitable.

–Bien –dijo Angelo con satisfacción–. Has dejado
de intentar debatir sobre el tema.

Se tendió en la cama. Ella ya se había quitado el sujetador y sus pechos lo estaban provocando, tentando.
Pero antes de que empezara a explorar su dulzura, él
le quitó el pequeño tanga de flores a juego con el sujetador.

Su desnudez le era familiar. Sentir su largo y suave
cuerpo lo sacudió con fuerza y apartó a un lado los recuerdos agridulces que lo asaltaron. La situación no
trataba del pasado ni de los recuerdos, trataba de sexo
carente de toda emoción. Presionó su cuerpo contra el
de ella, separándole las piernas y colocando su musculoso muslo entre ambas para poder rozar su humedad. Sus cuerpos habían aprendido a moverse juntos
y, en un instante, todo volvió a ser como era.

Cuando se apartó, Rosie quiso reanudar el contacto,
pero él ahogó sus protestas con un feroz beso en el que
sus lenguas se fundieron con desesperación. No había
tocado a otro hombre en tres años y, aliviada de su se-
quía sexual, su cuerpo se sumió en un intenso y desen-
frenado calor. Agarró su pelo negro arrastrándolo hacia ella y gimió de placer cuando él le recorrió el
cuello con ardientes besos antes de descender a sus pechos para tomarlos en su boca.

La melosa dulzura de sus pezones fue casi suficiente
para hacer que Angelo perdiera el control. Tuvo que
contenerse mucho para no adentrarse en ella. Mientras
lamía y excitaba su endurecido pezón, posó la mano en-

tre sus piernas y deslizó dos dedos en su interior, acariciándola y haciéndole gemir y suplicar más.

Notar la resbaladiza humedad en sus dedos lo estaba volviendo loco. Pensar en esa humedad rodeando su miembro lo excitó más aún y decidió tomarse su tiempo para llegar al momento que llevaba esperando todos esos años.

Retiró los dedos para rodear su esbelta cintura y comenzó a saborear su firme y plano vientre cubierto del salado sabor del sudor. Su abdomen se alzaba y bajaba rápidamente al ritmo de su entrecortada respiración. Cuando Rosie separó más las piernas, Angelo gimió suavemente al verla abrirse ante él, tan bella como una flor desplegándose para mostrarse en todo su esplendor.

Con mucha delicadeza, deslizó la lengua sobre su clítoris y lo sintió expandirse y palpitar. No sabía cuánto podría contener su erección, tan desesperada por encontrar una válvula de escape. El aroma almizclado de Rosie lo llenaba y, mientras seguía lamiéndola, introdujo los dedos para que no hubiera una sola parte de su cuerpo que no reaccionara. Ella le agarró el pelo y cuando él la miró, pudo verla con los ojos entrecerrados y su preciosa boca medio abierta en un grito de intenso placer.

–Por favor, Angelo.

–Aún no, cielo. Quiero que me tomes en tu boca y después, cuando ninguno podamos soportarlo más, me adentraré en ti. Quiero que los dos estallemos al mismo tiempo.

Capítulo 7

CUANDO Rosie intentó comparar lo que Angelo y ella tenían ahora con lo que habían tenido tres años antes, se quedó sin palabras. En muchos sentidos resultó intensamente dulce y dolorosamente familiar, y en muchos otros fue como si hubiera estado con un hombre completamente distinto.

Él había levantado una impenetrable barrera a su alrededor y no había forma de atravesarla. Lo había sabido a los pocos días de haber retomado su relación, si es que podía llamarse «relación».

Rosie se asomó por la ventana de la cocina hacia el punto donde las verduras que estaba cultivando empezaban a tomar forma. Por un lado, el catering estaba marchando bien. Ese primer trabajo, casi seis semanas antes, había generado varios otros y ahora tenía a una chica de la aldea que iba a ayudarla cuando la necesitaba.

Por otro lado...

Se quedó mirando el cuenco de verduras cortadas que la aguardaban.

Su cuerpo nunca había estado más satisfecho; hacían el amor de un modo vertiginoso. Angelo llegaba el fin de semana y entraba en la casa con una sola cosa en la mente, y su cuerpo respondía sin poder hacer otra cosa. Nunca se quedaba a pasar la noche. Volvía a dormir a su mansión, a la que todavía no la había invitado.

Una parte de ella sabía lo patético que era todo, la autoestima tan baja que tenía que tener para verse en esa situación en la que lo único que importaba era el sexo. En el fondo sabía que esa era la gran diferencia entre lo que tenían ahora y lo que habían tenido entonces. En su mente etiquetó la vieja relación como «antes de la caída» y antes de la caída había sido una chica locamente enamorada, en la que cada caricia tenía un significado y cada beso llevaba implícita una promesa de futuro.

Pero no había futuro en lo que tenían ahora y eso quedaba clarísimo en muchos sentidos. Angelo era muy diligente a la hora de usar protección, lo cual ella agradecía, pero le había dejado muy claro el mensaje en aquella primera ocasión en la que ella había estado deseándolo desesperadamente y él, con mucha calma, se había puesto un preservativo mientras la informaba de la catástrofe que supondría cualquier error que provocara un embarazo no deseado.

Nunca se hablaba del pasado. Bajo la superficie, podía sentir el incómodo torbellino de preguntas poco gratas intentando rebelarse contra el silencio impuesto.

¿Por qué se había casado con Amanda? ¿La había amado? ¿Había sido solo sexo? ¿Qué había pasado con su matrimonio?

En la única ocasión en la que había intentado sacar el tema de lo sucedido entre ellos tres años atrás, había visto cómo la pasión de su rostro había sido reemplazada por una fría expresión que hizo que un escalofrío le recorriera la espalda.

Rosie se preguntó cuánto podría resistirlo. ¿Cuánto antes de quebrarse bajo la presión de intentar mantener la misma fachada fría e impasible? Cada vez que hacían el amor estaba convencida de que sería la última y se odiaba por temer el inevitable resultado; odiaba su debilidad por seguir deseándolo tanto que le dolía, aunque siempre se aseguraba de mostrarse tan fría y cínica como él, tratándolo con la misma distancia emocional con que él la trataba.

Oyó el sonido de su coche aparcando en la entrada. El inicio del verano había llegado y, aunque ya eran más de las ocho, todavía había luz fuera. Todas las predicciones que había hecho sobre las flores estallando en una gran cantidad de colores se habían cumplido. Londres, por el contrario, era un lugar gris que estaba convirtiéndose en un recuerdo cada vez más lejano.

Poco a poco, todas las paredes habían quedado pintadas y la mayor parte del mobiliario sustituido. Poco a poco, estaba estampando su propia personalidad en la casita, aunque había algunas cosas de Amanda que había guardado porque le traían buenos recuerdos de su amiga antes de que las cosas se hubieran estropeado: unas bonitas cajitas y latas que Amanda había coleccionado de niña, un par de fotos enmarcadas, dos jarrones. Todo ello estaba en la despensa esperando a que les encontrara un lugar en la casa.

El perdón era un buen lugar y podía sentir que estaba llegando a él.

Abrió la puerta y su corazón dio todo tipo de ridículos brincos cuando Angelo cruzó el umbral desabrochándose la camisa para rodearla en un abrazo.

–He cocinado para los dos –murmuró Rosie apartándose para no sucumbir allí mismo a su poderosa masculinidad–. Estoy probando un plato de verduras para el catering del miércoles que viene –lo besó en la boca y se rio cuando él la llevó hacia sí con un gruñido.

–No estoy seguro de poder esperar hasta que haya probado el plato experimental –se acercó a ella para que pudiera notar lo excitado que estaba.

–No tenemos que acostarnos en cuanto cruzas la puerta –murmuró Rosie en su primera muestra de rebelión desde que se habían vuelto a acostar hacía seis semanas–. Quiero decir, podemos tomarnos una copa de vino y cenar algo y hasta ver un poco la tele. Ponen un programa sobre animales que quiero ver.

Angelo frunció el ceño. No había esperado que la situación se prolongara tanto, y tampoco se había imaginado que siguiera deseándola después de semanas perdiéndose a su antojo en su suculento y sexualmente receptivo cuerpo. Apartarse de ella le estaba llevando mucho tiempo y permitirse el lujo de compartir momentos de intimidad doméstica no ayudaría en nada al proceso.

–Probaré el nuevo plato, pero lo de ver la tele no me va.

Rosie sonrió y se encogió de hombros.

–Era solo una idea, pero tienes razón –contestó manteniendo la sonrisa como pudo y rodeándolo por el cuello–. Ver la tele es una pérdida de tiempo.

Angelo soltó un gruñido de satisfacción y la levantó en brazos para llevarla arriba.

–Algún día te vas a hacer daño en la espalda haciendo estas cosas –Rosie se estaba riendo y desabrochándole la camisa, lo cual era complicado mientras subían las escaleras.

–¿Pero entonces tú harías de enfermera y me harías recuperarme? –se miraron fijamente.

Había veces, demasiadas como para contarlas, en las que lo único que podía ver era a la chica que se había llevado a la cama tres años antes. Después tenía que obligarse a recordar a la mujer que acechaba detrás de esa chica, la que casi lo había arrastrado a una relación que habría terminado en lágrimas porque tarde o temprano él habría descubierto cómo era en realidad. Se había ahorrado ese final, pero no podía olvidar que estaba allí, y menos ahora, cuando las risas y los ojos de Rosie hacían que algo se removiera en su interior.

Ya estaba muy familiarizado con la casa. El dormitorio de ella era el que estaba situado justo encima de la cocina. Rosie le había hecho colgarle un anticuado perchero de porcelana detrás de la puerta y sabía que, si se daba la vuelta, vería su albornoz colgado allí.

Dos semanas atrás le había comprado uno para sustituir el que tenía, que estaba hecho jirones. No era nada de valor, ¡así que no podría empeñarlo por miles de dólares! ¿Qué tenía de malo haberlo comprado? Era su mujer, al menos de momento, y como tal no debía verla con una prenda que debería llevar años en la basura. Eso tenía sentido. Lo que no habría tenido sentido era el delicado joyero con los lados de cristal y los adornos de diamantes que había visto unos días antes al pasar por un escaparate. Se alegraba muchísimo de haber resistido la tentación de comprárselo.

—Nunca se me ha dado bien hacer de enfermera —le contestó cuando en realidad quería decirle que sí, que nada le gustaría más que cuidar de él, que pasara una noche con ella en la casa en lugar de salir corriendo como si fuera a convertirse en una calabaza. Rosie no era tonta. Sabía muy bien de qué trataba todo eso, al igual que sabía que si empezaba a intentar ver más de lo que había en realidad, él se esfumaría y aún no estaba preparada para eso.

Al dejarla en la cama, a ella se le aceleró el corazón

mientras se preguntaba cuándo estaría lista para que todo terminara. Había ignorado sus objeciones a volver a meterse en la cama con él y ahora, cuando la necesidad de abrazarlo y charlar con él crecía en su interior, se dio cuenta del error que había cometido. Había creído que era como él, que podía hacer el amor con él y olvidarlo sin más. Había sido tonta porque ahora estaba mucho más encaprichada que antes. Acostarse con Angelo no había disminuido su deseo, sino que lo había aumentado.

Le gustara o no, estaba a su merced.

—No es verdad —le dijo Angelo con una media sonrisa mientras se desvestía—. Recuerdo muy bien cómo me curaste un corte que me hice en un dedo.

Se quedó muy serio, furioso consigo mismo por haberse adentrado en el pasado. Nunca lo había hecho, ni siquiera cuando ella lo había intentado. De vez en cuando tenía que recordarse la clase de mujer que era y las razones por las que había elegido meterla de nuevo en su vida, pero el pasado era tabú.

—Curar cortes en los dedos y la profesión de cocinera van de la mano —contestó ella intentando quitarle importancia al tema cuando en realidad estaba horrorizada porque los sentimientos que había tenido hacia él estaban intentando salir a la superficie ignorando el sentido común y haciendo estragos en su orgullo—. ¡Hay un montón de reglas y regulaciones en cuanto a los cortes en la cocina! —exclamó regalándose la vista con la magnífica imagen de su cuerpo. ¿Cómo podía sentir algo por alguien que no la quería? ¿Cómo podían persistir esos sentimientos ante la indiferencia emocional de Angelo? ¿Cómo podía desear a un hombre que se cerraba cada vez que la conversación se volvía demasiado personal y que se marchaba a su casa al final de cada noche mientras que tres años antes habían pasado las noches juntos y habían hecho el amor al despertar? ¿Cómo podía desear a un hombre que se cansaría de ella cuando considerara que ya había satisfecho su apetito y que se marcharía sin mirar atrás en busca de otra mujer?

−¿Me creerías si te dijera que no me interesan mucho las normas y regulaciones de lo que sucede en una cocina? −se acomodó sobre su glorioso cuerpo y se echó hacia atrás mientras ella lo tomaba en su boca. Posó la mano detrás de su cabeza con los dedos entre su pelo. Cuando Rosie le hacía eso, su mente siempre se quedaba en blanco. Solo ella sabía hacerlo, sacarlo de su cuerpo y transportarlo a otro lugar, a otro momento, a otra dimensión.

Se apartó antes de llegar al límite y se tumbó sobre ella.

Cuando Rosie había vivido en Londres nunca había hecho ejercicio, pero ahora había empezado a correr y, gracias a eso, su cuerpo, siempre esbelto, estaba más tonificado incluso y él podía sentir la firmeza de su estómago mientras saboreaba su sudor. Le separó las piernas y se hundió en su vértice, lamiéndola hasta hacerla gemir.

Él había asentado las bases de esa extraña relación que tenían y ella las estaba cumpliendo, que era exactamente lo que había querido, aunque tenía que admitir que le daba una gran satisfacción sentir cómo perdía el control mientras exploraba su cuerpo. Tal como estaba haciendo ahora mientras relamía la dulce humedad posada entre sus piernas.

Cuando levantó la mirada, pudo ver sus pequeños pechos con sus pezones erectos, y le supuso una impresionante excitación que Rosie lo mirara y se agarrara un pezón entre los dedos provocándolo hasta que él no tuvo más opción que apartarle la mano y poner la boca en su lugar.

Bajo su mano podía sentir el latido de su corazón. Le chupó el pezón desesperadamente; podría estar así para siempre, saboreándola, volviéndose loco ante las ganas de adentrarse en ella y sentirla rodeándolo.

Cuando ninguno de los dos pudo soportarlo más, él, llevado por la pasión, se vio tentado a olvidarse de la protección. Rosie le había sugerido tomarse la píldora, y Angelo le había respondido que hiciera lo que quisiera, pero que él no correría ningún riesgo y seguiría usando protección por su parte. No confiaba en nadie más que en sí mismo.

—Dos segundos —dijo alargando la mano hacia el cajón de la mesilla donde guardaba la caja de preservativos.

Rosie se incorporó para deslizar la lengua por su miembro erecto y hacerlo temblar de placer mientras él controlaba el deseo de verter sobre ella su esencia.

Después, con un pequeño suspiro y cerrando los ojos, Rosie se tumbó cuando él se adentró en su cuerpo, totalmente protegido y sin correr ningún riesgo.

Sus cuerpos se movieron al mismo ritmo. Ella podía sentir cada centímetro de Angelo en su interior, moviéndose y presionando y llevándola cada vez más cerca del orgasmo. Había ocasiones en las que él estaba ahí abajo, entre sus piernas, excitándola con su boca, en las que no podía contenerse y por muy maravilloso que resultara llegar al éxtasis contra su boca, nada podía compararse a hacerlo teniéndolo a él dentro. Hundió las uñas en su espalda mientras Angelo, con los brazos apoyados a cada lado de su cuerpo, se impulsaba para poder aumentar la fricción. Lo rodeó por la cintura con las piernas y se perdió en el momento hasta acabar gritando al entregarse al clímax.

–Muy bien –Angelo suspiró con clara satisfacción cuando los dos terminaron completamente saciados. La llevó hacia sí dejando que apoyara la cabeza sobre su pecho, tal como le gustaba porque así podía acariciarle el pelo y disfrutar de esa sedosa textura entre sus dedos.

–¿Es todo lo que puedes decir? «Bien» es una palabra muy corriente.

–Muy impresionante, si lo prefieres.

–Tengo que levantarme en un momento para echarles un vistazo a las verduras. Aunque supongo que no te interesará saber cómo tengo intención de cocinarlas.

–En absoluto.

–Pues voy a hervirlas de la manera habitual, pero después voy a refinar el plato con leche de coco, curry y queso. Con suerte perfeccionaré el plato y así no tendré que soportar a John Law en la cocina haciendo de chef cuando lo único que quiere es... bueno... ya sabes... Y, mientras, su mujer está fuera agobiando al servicio para que pongan la mesa como a ella le gusta.

–No, no lo sé. Dime.

Rosie miró atrás. Angelo podía sentir cómo la furia aumentaba en su interior como un volcán, aunque mantuvo un tono de voz calmado y neutral.

–¿Quién es ese John Law?

–Oh, solo es un hombre que me contrató hace un par de semanas para servir la cena de una fiesta –había entrado en el baño y Angelo pudo oír la ducha, aunque por una vez no tuvo ganas de unirse a ella–. Y su mujer y él me han pedido que prepare otra para dentro de unos días –gritó al meterse bajo la ducha cuando tuvo claro que no se ducharía con ella.

–¿Cómo vuelves de esos sitios? –Angelo había entrado en el baño y a través del cristal esmerilado podía distinguir su larga y esbelta silueta mientras se enjabonaba y se lavaba el pelo. Se puso una toalla alrededor de la cintura, bajó la tapa del inodoro y se sentó.

–¿Qué? –Rosie asomó la cabeza por la ducha y lo miró.

–Es una pregunta muy sencilla, Rosie. ¿Que cómo vuelves cuando sirves los caterings por la noche? No tienes coche.

–Lo sé. Es un fastidio, pero no me puedo permitir comprarme uno ahora mismo –cerró el grifo y salió pasándose los dedos por el pelo mojado y secándose mientras él seguía mirándola con intensidad–. Ahora mismo me está yendo muy bien, mejor de lo que creía. En esta parte del mundo hay mucha gente rica y no hay tantos servicios de catering como en Londres, pero aún tengo que reservar un poco de dinero para el equipamiento de cocina. Además, la decoración se ha llevado gran parte de mis ahorros.

–No estás respondiendo a mi pregunta.

–¿Qué pasa? –se detuvo, lo miró extrañada y salió del cuarto de baño para entrar en el dormitorio y ponerse ropa limpia. Estaba empezando a ponerse nerviosa, pero eso era algo que no quería compartir con él. ¿Acaso había hecho algo malo? Habían hecho el amor, había sido impresionante, pero Angelo no se había metido en la ducha como solía hacer ni le había recordado su insaciable apetito mientras les caía el agua encima. Y el modo en que estaba mirándola ahora...

Se puso sus pantalones de chándal de espaldas a él para no tener que ver en su cara algo que no le gustara ver. Estaba poniéndose furiosa porque odiaba la impotencia que la invadía cada vez que pensaba en que Angelo fuera a ponerle fin a lo que tenían.

—¿Qué te hace pensar que algo va mal?

—No soy idiota, Angelo. ¿Por qué te importa cómo voy o vuelvo del trabajo? ¿A qué viene esto? —«a menos que sea una tapadera para otra cosa. A menos que estés buscando un argumento para poder utilizarlo en mi contra y romper...».

—Háblame de ese tal John Law —se quitó la toalla, entró en la ducha y abrió el grifo del agua fría. No la miró al salir un minuto después para reanudar la conversación.

—Su mujer, Jayne, y él fueron unos de mis primeros clientes. Viven a media hora de aquí en una de las casas de nueva construcción que hay junto al río.

—¿A qué se dedica? ¿Además de a intentar ligar contigo?

Rosie empezó a entender lo que pasaba y abrió los ojos como platos.

—¿Estás... celoso?

—¿Has hecho algo de lo que tenga que estar celoso? —su expresión se ensombreció al mirarla—. ¿Le devuelves las caricias mientras te hace sugerencias sobre la mousse de chocolate?

—No pienso molestarme en responder a eso —cuando iba a salir de la habitación, él la agarró del brazo y la atrajo hacia sí.

—¿A qué se dedica?

—Angelo, estás exagerando. Hace algún que otro comentario, pero nunca me ha tocado y si lo hiciera sabría cómo ocuparme de él. Y, además, ¿cómo puedes sugerir que haría algo con otro hombre? ¿Crees que estaría acostándome contigo si... si...? —«¿si existiera la más mínima posibilidad de sentir algo por otra persona?

¿No crees que en ese caso correría todo lo que pudiera para alejarme de ti porque sé que vas a hacerme daño? ¿Si no me hubiera enamorado locamente de ti otra vez?».

–¿Si qué?

–Si nada. Suéltame, Angelo. Voy a bajar a cocinar. Si quieres cenar aquí, bien, pero si vas a empezar a discutir conmigo por nada, entonces preferiría que te marcharas.

Era la primera discusión que habían tenido y Rosie sabía que no debía sentar un precedente y tolerarle que le diera órdenes. No tenía ningún derecho a cuestionar su integridad y si estaba celoso, lo cual no era probable, no eran unos celos originados por sentimientos de amor, sino porque la consideraba su posesión y creía que podía disponer de ella y desecharla cuando quisiera, como si fuera un muñeco al que tirar cuando se cansara de jugar con él.

Bajó los escalones de dos en dos y no fue consciente de que la seguía hasta que se giró y lo vio en la puerta. Se había puesto unos vaqueros y una camiseta. Siempre se llevaba una muda al desplazarse desde Londres y luego se la volvía a llevar al regresar.

–Te creo cuando me dices que ese tipo no te ha puesto la mano encima ni tú a él –dijo apretando los dientes. Solo imaginárselo hacía que le hirviera la sangre. Debería haberse dado cuenta de que estaría en contacto con mucha gente, gente rica, y que ella era susceptible a los hombres con los bolsillos llenos. Rosie era pura sexualidad, incluso con el pelo mojado y sin una gota de maquillaje. En el mundo de los ricos, su belleza pura y natural destacaba como una luz en la oscuridad. ¿Por qué no habría pensando en eso?

–Bien, me alegra oírlo.

–Estás aquí en este lugar, sola y sin medio de transporte, así que ¿quién no se preocuparía por alguien en una situación así?

—¿Estás preocupado por mí?

—Creo que deberías tener un coche. Y no has respondido a mi pregunta.

—He olvidado qué pregunta era.

—¿Que cómo vas y vienes?

—Beth tiene un pequeño coche, es la chica que me ayuda de vez en cuando. Así que si estamos trabajando juntas siempre vamos en su coche y, si se marcha antes que yo, pido un taxi.

—¿Entonces no dejas que te traigan en su coche los cerdos que intentan meterte mano?

Rosie se giró y se rio porque no quería albergar esa cálida sensación que la invadía al imaginárselo celoso.

—Me conoces, Angelo. No nací ayer. Sé cómo pueden ser los hombres. Valoro los trabajos que tengo aquí y nunca los pondría en peligro aceptando que me llevara en su coche alguien que pudiera insinuárseme. Una clienta que está embarazada y que no bebe me ha traído un par de veces y eso me parece bien. Sé dónde están los límites.

—Aun así, deberías tener un coche.

—Seguiré ahorrando.

Él no iba a ofrecerse a comprarle uno. ¡De ninguna manera! Pero prefería no pensar en cuando llegara el invierno y los días fueran más cortos. ¡Pero bueno! ¡Si para cuando llegara el invierno ni siquiera debería seguir con ella!

—¿Y a quién más conoces en esos eventos?

—A mucha gente distinta. ¿Quieres ayudarme con estas verduras?

Angelo estaba demasiado ocupado pensando en esas misteriosas personas como para caer en la cuenta de que cortar zanahorias y pelar patatas entraba en la categoría de vida doméstica.

–¿Qué clase de gente? Nunca se tiene demasiado cuidado. Precisamente tú saliste con un psicópata.

–Por error, Angelo. No es justo que me lo recuerdes –estaba cortando unos dientes de ajo.

–Tengo razón en lo que digo.

–¿En que no estoy preparada para cuidar de mí misma? Pues esa imagen no se corresponde en nada con la de la desalmada cazafortunas que dices que soy, ¿no?

–¿Te supone algún problema que esté preocupado por tu seguridad?

Rosie se rio incrédula.

–Angelo, esta es una zona rural de clase media de Cornualles, ¡no una zona de guerra de Oriente Medio!

A Angelo no le gustaba lo que estaba pasando, no le gustaba sentir tanta curiosidad. Sería todo un alivio liberarse de ella porque a veces tenía la sensación de que perdía el control de la situación.

Posó la mano sobre su nuca y se agachó para besarle la esbelta espalda. Le olía el pelo a fruta y, con delicadeza, levantó uno de sus mechones para besarle el nacimiento del pelo haciéndola retorcerse de placer.

–¡Me haces cosquillas!

–No me gusta imaginarme a alguien acercándose a ti.

–¿Ni siquiera a la mujer embarazada?

–Ya sabes lo que quiero decir.

–Conozco a gente. Es un trabajo social. Las mujeres ricas que quieren que se les sirva la cena suelen estar casadas con hombres ricos.

–¿Hombres ricos y viejos? –aún besándole el cuello, deslizó las manos bajo su camiseta y las subió lentamente hasta cubrir sus pequeños y perfectos pechos.

Teniéndola de espaldas a él, rozó su cuerpo contra el suyo para que Rosie pudiera sentir su erección.

–Viejos y arrugados –Rosie tembló cuando Angelo rodeó sus pezones con los dedos. En un instante había olvidado todos los pensamientos negativos y, al momento, él metió la mano bajo la cinturilla elástica de su chándal y coló los dedos por debajo de su ropa interior para jugar con ella.

Rosie gimió suavemente cuando sus dedos encontraron su clítoris. Estaba húmeda y ardiente para él. Ambos estaban impacientes por hacer el amor, como si no hubieran acabado de hacerlo apenas una hora antes.

Angelo le bajó los pantalones y la giró hacia él. Con un simple movimiento, la subió a la mesa de la cocina y ella se tumbó. Cuando Rosie dobló las rodillas, sus pies quedaron mitad sobre la mesa, mitad por fuera del borde, y cuando él le quitó los pantalones ella se abrió como un melocotón maduro esperando a ser saboreado.

–Aún tengo que cocinar –protestó débilmente y con los ojos cerrados, rindiéndose al intenso placer de su lengua explorando, lamiendo y rozando su clítoris hasta hacerle querer gritar.

Angelo sabía adónde llevarla antes de apartarse y, en esa ocasión, la llevó a ese lugar una y otra vez hasta que ella le suplicó que la tomara.

Cuando finalmente apartó la boca para adentrarse en su cuerpo, estaba tan desesperado como ella. Enredó los dedos en su pelo y se hundió en su interior poderosamente, empujándola hacia atrás ligeramente, una y otra vez hasta que ella no lo pudo soportar y cedió al orgasmo.

–No quiero que mires a nadie –le dijo Angelo con

la voz entrecortada al adentrarse una última vez en Rosie–. ¡Y no quiero que nadie te mire! No me gusta ni pensarlo. Me enfurece.

Rosie quería gritarle que no podía mirar a nadie más que a él, pero se quedó en silencio y respirando entrecortadamente mientras Angelo se apartaba de ella. Se sentía débil como un gatito y tardó unos segundos en reaccionar e incorporarse para ponerse el pantalón. Seguía con la camiseta puesta, ni siquiera se habían desnudado del todo.

Cuando por fin salió de su lánguido y placentero estupor, lo encontró mirando por la ventana de la cocina, totalmente rígido, y con los vaqueros aún desabrochados.

–¿Qué pasa?

–No he usado protección. No sé qué ha pasado aquí, pero he olvidado tomar precauciones.

–Oh.

–Es mucho más que «oh».

–¡De acuerdo! Sé que te parecería un desastre que me quedara embarazada...

–Desastre es decir poco.

–Pero puedes dejar de preocuparte. Estoy segura al cien por cien –y lo estaba, aunque sabía que había llegado el momento de ocuparse de esa situación. ¿Cómo podía mostrarse celoso y desdeñoso al momento? ¿Cómo podían estar tan cerca amante y extraño? ¿Cuánto la odiaba?–. Además, yo tampoco querría un embarazo –añadió fríamente–. Cuando me quede embarazada, será con alguien con el que quiera pasar el resto de mi vida. Alguien que quiera pasar el resto de su vida conmigo, así que no tienes que decirme que sería mucho más que un desastre que la persona que me dejara embarazada fueras tú.

Capítulo 8

QUÉ esperabas? ¿Que estuviera tan contento porque hemos olvidado tomar precauciones? –Angelo se sentó en una de las sillas de la cocina.

–No hace falta que me lo recuerdes. Ya lo has dicho una vez. He captado el mensaje.

–¿Estás diciéndome que no piensas lo mismo, que querrías quedarte embarazada?

–Ya te he dicho que no –Rosie cerró de un golpe la puerta del horno y se limpió las manos en el delantal antes de quitárselo. Lo miró a los ojos y la bombardearon unas tumultuosas emociones: furia consigo misma por seguir amándolo; furia con él por las conversaciones que se negaba a mantener y por ser tan cruel con ella–. Ahí fuera hay un hombre para mí y esa es la persona para la que me estoy reservando –dijo, aunque era mentira porque para ella solo existía Angelo.

–Si no recuerdo mal, yo era ese hombre no hace mucho tiempo.

–Pero eso fue antes de que me abandonaras sin oír lo que tenía que decir y te largaras con mi mejor amiga.

–No pienso dejarme arrastrar hasta una discusión sobre el pasado.

–¿Por esas estúpidas reglas que le has puesto a esta «relación»? Si me dejaras explicarte...

–Ya te he dicho que no me interesa.

–¿Por qué no?

–No fue solo porque vendieras las cosas que fui tan estúpido de regalarte, Rosie.

Rosie se quedó paralizada. Durante tres años pensó que ese tonto error había sido la única munición que Amanda había utilizado en su contra. ¿Qué más había sido?

–Y no vamos a hablar de eso –la informó Angelo con una expresión fría y distante.

–¿Cómo puedes decirme algo así y negarte a seguir hablando?

–Es más fácil de lo que crees.

–¡No para mí!

–Solo te estoy diciendo que el hecho de que empeñaras mis regalos no fue todo. Si de verdad quieres sacar este tema, lo dejo.

–¿Qué quieres decir?

–Desde el principio te dije que el pasado es pasado y que no hay vuelta atrás. Esto de ahora se limita al sexo. Nada más. Si no puedes vivir con ello, entonces saldré por esa puerta y no volverás a verme.

Angelo sabía que eso era exactamente lo que debía hacer, tomar las riendas de la situación.

–¿Es eso lo que quieres? ¿Incluso cuando el sexo es tan bueno entre los dos?

–¿Cómo puedes ser tan... tan... frío?

–Yo me baso en los hechos. Y el hecho es que lo que tenemos aquí, la química que aún existe entre los dos, es buena y quiero seguir explorándola sin complicaciones.

Había muchas preguntas que Rosie quería hacer, muchas protestas a las que quería dar voz, pero ¿cómo sería la vida si él salía por esa puerta? Porque lo haría. De eso no tenía duda. Tal vez la deseara, pero no estaba emocionalmente implicado y si sopesaba los pros y los contras, no dudaría en abandonarla otra vez.

Rosie era consciente de su debilidad y lo detestaba, pero si él desaparecía, ella se preguntaría para siempre qué era eso otro que lo había hecho alejarse, qué era lo que Amanda le había dicho para destruir su relación. Eso sin contar con la obvia verdad, que era que no podía cansarse de él. Si se marchaba, su vida quedaría con un vacío enorme. Además, las cosas cambiaban y algún día Angelo rompería su autoimpuesto silencio y le daría todas las respuestas que quería. ¿No merecía la pena seguir adelante con la esperanza de que llegara a contarle todo y le diera la oportunidad de defenderse? Él lo daría todo por concluido una vez se hubiera hartado de acostarse con ella. Ella lo daría todo por concluido una vez hubiera oído lo que le faltaba por oír y hubiera podido explicar su punto de vista sobre lo que sucedió.

—Tengo que ver las verduras —dijo bajando la mirada para no ver el gesto de triunfo de Angelo. Sin embargo, cuando lo miró de soslayo no vio ninguna expresión de triunfo y él se limitó a acariciarle la cara en un gesto tan tierno que ella tuvo que contener las lágrimas.

Angelo sabía que había ganado. Era suya. ¿Se le podía llamar a eso una dulce venganza? Aunque, por extraño que pareciera, el concepto de venganza ya no era lo que tenía en la mente.

—Bueno, pues háblame de tus clientes. ¿Te pagan las facturas?

—Me va bien —le habló de sus días, de sus comidas, de algunos clientes peculiares, de todo lo que sabía que a él le interesaría, en contraposición con el asunto de su relación que sabía que no tenía intención de escuchar.

—¿Y no echas de menos la ciudad? —le preguntó dándose cuenta ahora de lo mucho que disfrutaba oyéndola hablar.

—Echo de menos los bares y los clubs nocturnos —dijo riéndose ante la obvia mentira.

—Pues cuando te apetezca, no tienes más que ir a pasar la noche a Londres. Tengo un montón de apartamentos que podrías usar. Aunque, claro, tendrías que llevarme de acompañante —la ayudó a poner la mesa. Ya sabía dónde estaba todo.

—Sería una situación un poco incómoda —contestó Rosie al pinchar el pollo y las verduras de su plato. Perfecto, sin duda podría servirlo en el próximo evento—. ¿Y si encuentro a mi chico ideal y tú me aguas la fiesta?

Angelo sonrió, aunque semejante esfuerzo hizo que le doliera la mandíbula.

—Podría decirte lo mismo.

—¿Tienes una mujer ideal?

—Hay algunas cualidades que me gustan especialmente —respondió él antes de cambiar de tema—. Estoy pensando en contratarte para servirme un catering.

—¿Porque te parece que no voy a ganar suficiente dinero?

—Porque tus verduras son las mejores que he probado nunca.

—Estás de broma, ¿verdad?

—¿Por qué te sorprendes tanto?

—No necesito que me ayudes.

Angelo se preguntó cómo reaccionaría si se enterara de que ya lo había hecho.

—Serían unas cien personas. ¿Podrías hacerlo?

—¿Cien?

—¿Son demasiadas?

A Rosie se le iluminaron los ojos y empezó a planear menús en su cabeza. Ese voto de confianza significaba mucho para ella porque Angelo nunca se habría planteado contratarla si no valorara su comida.

–Tendré que contratar a, al menos, tres chicas para que me ayuden con tanta gente. ¿Querrás que te busque también camareros?

–El lote completo. Hablaremos del dinero cuando planifiques el menú y me lo enseñes.

–¿Dónde sería?

–Aún no has visto mi casa, ¿verdad? –sabía que no estaba ciñéndose a sus propias reglas porque desde el principio se había dicho que no la llevaría a su mansión, a pesar de estar a un tiro de piedra de la casita de campo. Había decidido que sus codiciosos ojos no contemplarían ni su grandeza ni los objetos tan valiosos esparcidos por toda la casa.

–No. Ni siquiera he pasado por allí –y había evitado hacerlo precisamente para que él no pensara que estaba interesada en su casa.

Angelo se contuvo de darle la mordaz réplica.

–¿Y cuándo tienes pensado hacerlo?

–Ya hablaremos de los detalles más adelante. Ahora mismo necesito quemar todas las calorías de la cena.

–Ha sido una cena con muy pocas calorías. Estoy experimentando con opciones sanas y alternativas bajas en calorías.

–Fascinante.

–Tal vez no para ti, porque tú no necesitas perder peso.

–¿Es esa tu forma de decirme que soy un espécimen perfecto?

–Puedo darte algunas tarifas ahora mismo aunque, claro, te redactaré un presupuesto.

Por encima de todo, Rosie quería demostrarle que

ya no era indispensable en su vida, no como antes y que, aunque en el terreno físico se dejaba poner en sus manos, en todos los demás aspectos era una mujer independiente.

Y precisamente por eso quince días más tarde lo tenía todo listo y a la espera de transporte en la víspera del gran día. No sabía qué esperar, pero sabía que allí habría mucha gente ansiosa por asistir al evento del año.

Estaba esperando a Beth, su principal ayudante y ahora también amiga, cuando oyó el sonido de unos coches acercándose a su camino de entrada: un viejo cuatro latas y un elegante deportivo plateado. Abrió los ojos de par en par al ver a Angelo salir de la vieja chatarra con dificultad.

–Increíble. Mi deportivo es del tamaño de una caja de cerillas y, aun así, no salgo de él como si tuviera las piernas rotas por tres sitios.

–¿Qué está pasando?

Era una preciosa tarde de verano con un cielo perfectamente azul.

–Doscientas libras –le dijo acercándose a ella mientras su chófer seguía dentro del deportivo–. Me han devuelto un pequeño favor.

–No te entiendo.

El vehículo parecía más una furgoneta pequeña que un coche.

–Vas a servir mi catering y yo tengo tu coche. Y no te molestes en darme las gracias. Como te he dicho, no me ha costado casi nada, pero me han dicho que el motor está como nuevo y que marcha bien. La dueña era una mujer muy cuidadosa.

–¿Me lo has comprado?

–Asegúrate de que mañana la casa se quede como

estaba y puedes considerar el coche como parte de tus honorarios, además de la tarifa por hora que hemos fijado por tus servicios.

Rosie abrió la boca para rechazar su regalo, para decirle que no aceptaría el coche, pero le sería muy útil y, además, le gustaba, parecía un coche con carácter. Sonrió y caminó a su alrededor vacilante, deslizando la mano sobre un lateral y asomándose para ver el anticuado salpicadero de nogal y la palanca de cambios tan rara a la que tendría que acostumbrarse.

La satisfacción que invadió a Angelo al observarla fue inmensa. ¿Cómo se podía entender que los regalos tan caros que le había hecho en el pasado, y que ella después había empeñado, no hubieran llegado a despertar en ella semejante y genuina expresión de agradecimiento?

Por un momento deseó oír todo lo que tenía que contarle y que se había guardado, pero entonces recordó la otra razón por la que se había alejado de ella y prefirió no ceder ante la peligrosa curiosidad.

–Es maravilloso. Gracias.

–Si se rompe, te las apañas tú. Yo no arreglo coches.

–Ha sido todo un detalle –le sonrió. ¿Sabría Angelo lo mucho que suponía para ella que hiciera algo así, que ocultara su hostilidad no solo bajo las sábanas de una cama?

–Te espero en casa sobre las seis –le dijo Angelo con brusquedad y metiéndose en el asiento del copiloto de su deportivo–. Y no tardes. No tolero retrasos a mis empleados.

Estaba allí a las cinco y media, y a las seis y media la cocina desprendía los fragantes aromas de los platos que estaba cocinando. En la enorme isla central, había platos y más platos de *crudités* listas para servir.

A las siete, los primeros invitados empezaron a llegar y ella dio lo mejor de sí para que, tal como Angelo le había exigido, la comida estuviera perfecta y el servicio fuera impecable. Sin embargo, no pudo evitar sentirse frustrada y decepcionada ante la indiferencia de Angelo, que en ningún momento mostró interés por lo que estaba haciendo ni se dirigió a ella, sino que se centró en charlar con los poderosos hombres de negocios que habían acudido al evento y en comer canapés mientras conversaba con las mujeres que lo rodeaban como si fueran abejas yendo a la miel.

A las once empezó a pensar que se había ganado con creces el coche que le había regalado; nunca antes había servido una cena para tanta gente, pero estaba claro que se podía triunfar con trabajo duro y un menú inteligente además de delicioso y sencillo.

Había contratado un equipo de camareros para que estuvieran rellenando las copas constantemente y había buscado a un cuarteto de jazz que supusieron un hermoso añadido a la velada. Incluso había sido la responsable de la elegante y sutil iluminación de la casa. ¿Y él se había molestado en darle las gracias? ¿En acercarse a felicitarla por sus esfuerzos? ¡Claro que no! ¡Había estado demasiado ocupado!

Molesta, decidió ir a buscarlo al ver que era medianoche y que la fiesta no tenía pinta de ir a terminar. Tenía que hablar con él sobre cómo harían la limpieza; estaba claro que no podían quedarse allí esperando hasta que el último invitado quisiera marcharse.

En la parte trasera de la mansión unas antorchas iluminaban los jardines que, a pesar de todos los años que Angelo había estado ausente, habían sido mantenidos por toda una tropa de expertos jardineros. Apenas había podido apreciar su inmensidad y su esplendor ya que en cuanto había llegado, había tenido que ponerse manos a la obra.

Y ahora que tenía un momento, sin embargo, no podía admirarlos porque no podía apartar la mirada de Angelo, que estaba en la penumbra apoyado contra la pared y junto a una mujer menuda y curvilínea. Su lenguaje corporal lo decía todo. Se quedó pálida mientras seguía mirando... y mirando... hasta que él alzó la vista lentamente y la vio.

Vaciló. No estaba seguro de por qué se había dejado convencer por Eleanor French, la poderosa abogada a la que acababa de conocer, para «salir a tomar el aire». ¿Qué había pretendido al hacerlo? ¿Demostrarse que podía sentirse atraído por otras mujeres y que el poder que Rosie tenía sobre él no era más que una ilusión? En cuanto sus ojos se encontraron, sintió una intensa satisfacción al captar lo celosa que estaba. Podía palpar esos celos.

—Perdona —le susurró a la rubia.

—¿Volverás? ¿Te espero aquí? —le preguntó ansiosa y a Angelo no le gustó ese tono.

—Yo no me molestaría —le respondió sin más, y se alejó.

Alcanzó a Rosie justo cuando esta corría hacia el santuario de la concurrida cocina.

—¿Me buscabas? —la llevó a una de las habitaciones más pequeñas que no se habían abierto para la fiesta.

Rosie estaba que echaba humo. ¿Quién era esa mujer? ¿Había interrumpido algo? ¿Habría presenciado el final de lo que ambos tenían? Un frío y húmedo miedo penetró en ella haciendo que se sintiera mareada.

—No he parado en toda la noche y se me ha ocurrido

salir a tomarme un respiro –tenía las mejillas encendi-
das y no era capaz de mirarlo a los ojos.

Comparada con todas esas mujeres tan elegante-
mente vestidas y esa rubia que había estado flirteando
con él, Rosie era consciente de que no debía de ofrecer
una imagen muy atrayente. Tenía la cara grasienta y
se había recogido el pelo, pero al tenerlo algo corto se
le habían soltado unos mechones que se le pegaban a
la cara. Era invisible, una empleada, como él se había
empeñado en demostrar al ignorarla durante toda la velada.

–¿Puedo irme ya? –le preguntó educadamente y
Angelo frunció el ceño. No era ni el momento ni el lugar, pero ansiaba soltarle el pelo y tomarla allí mismo,
con la puerta cerrada y los invitados rondando por su
casa.

–Estás haciendo un buen trabajo. Mejor dicho, has
hecho un buen trabajo, un trabajo excelente. Todo el
mundo ha alabado la comida y todo ha funcionado
como un reloj. Además, la banda de jazz ha sido perfecta.

–Gracias.

–¿Eso es todo?

–¿Qué esperas, Angelo? Me has pagado por hacer
un buen trabajo y me alegra haberlo hecho junto con
todos los que me han ayudado. Sé que la comida ha
gustado porque mucha gente me lo ha dicho.

–Y yo no. ¿Es eso lo que intentas decirme?

Rosie se quedó en silencio, no quería parecer una
quejica. Era una profesional y los profesionales no se
quejaban por que sus clientes fueran parcos en elogios.

–Estabas ocupado –podía sentir sus fabulosos ojos
verdes clavados en ella, pero desvió la mirada y se fijó
en la chimenea.

–¿Estás de mal humor porque me has visto ahí fuera con una mujer?

Rosie pudo captar algo de diversión en su voz y se enfureció, aunque no dejaría que se le notara. Apretó los dientes y se negó a mirarlo.

–¿Y bien? –pensó que los invitados podían echarlo de menos si no salía, pero en realidad no le importaba. Estaba muy intrigado por ese rubor que se extendía por las mejillas de Rosie.

–¿Quién era? –le preguntó al decidir mirarlo finalmente. Si intentaba mentir, se daría cuenta y la necesidad de saberlo era mayor que la necesidad de fingir indiferencia.

–Estás celosa.

–No pienso ser una más. Aunque esto no vaya a durar mucho, mientras dure quiero ser la única mujer que comparta tu cama. Si no, adiós.

Angelo se rio, pero fue una risa carente de alegría.

–No respondo bien a amenazas de ese tipo –¿acaso de pronto Rosie tenía escrúpulos y principios morales? ¡Qué gracia!–. Y no me van los celos. Eso no forma parte de lo que tenemos.

–No estoy celosa.

–¿En serio? Porque eso es lo que veo en tu cara –estaba diciéndole todo lo que sabía que debía decirle, pero entonces, ¿por qué seguía queriendo llevarla contra la pared y hacerle el amor hasta hacerla temblar? Ya podía sentir su erección contra la cremallera, grande, atrevida, ansiosa por sentir la singularidad de su cuerpo al hundirse en ella.

–Pues tienes que ir a revisarte la vista. Si ni siquiera puedes decirme quién es esa mujer, y si lo único que puedes hacer es acusarme de estar celosa y soltarme una charla sobre que los celos no forman parte del trato, entonces...

–¿Entonces qué?

–Tengo que volver a la cocina. Hay que servir los licores y los empleados empezarán a preguntarse dónde estoy.

–¿Entonces qué?

Rosie sabía que estaba presionándola para que le diera una respuesta y que fuera ella la que tomara la decisión de ponerle fin a la relación para así ahorrarse él el problema de tener que hacerlo.

–¡Oh, por el amor de Dios! –Angelo se pasó la mano por el pelo y la miró con frustración–. De acuerdo, es una abogada muy importante y la he conocido hoy.

Rosie se preguntó si sería posible oír el sonido del alivio que la invadió. Aunque Angelo no toleraba los celos, le había respondido a la pregunta.

–¿Y has salido con ella?

Angelo se vio tentado a decirle que no venía a cuento hacerle más preguntas, pero supuso que no haría ningún daño responderle y tranquilizarla.

–A tomar el aire. No tenía intención de hacer nada, por si te interesa. Asunto zanjado.

Había otras cosas que Rosie le habría preguntado, como por ejemplo si encontraba a la rubia más atractiva que a ella. Sin embargo, le dio vergüenza solo pensarlo y lo dejó pasar.

–Volveré con mi equipo por la mañana para recogerlo todo –le dijo resistiendo la fuerza magnética de su masculinidad y manteniendo tanta distancia como podía.

Justo cuando estaba a punto de entablar una conversación de lo más impersonal sobre las habitaciones que querría que limpiaran, alguien llamó a la puerta y al abrirla allí estaba Beth, claramente nerviosa.

Desastre: un invitado borracho. Todos los pastelitos tirados por el suelo y la mayoría aplastados. No quedaban más y las bandejas estaban vacías.

–Yo me ocupo. Tengo algunas cosas en mi despensa. Se me ocurrirá algo.

–Y yo me ocupo del borracho –dijo Angelo saliendo de la habitación.

Nadie se fijó en los tres ni hizo ningún comentario sobre qué estaría pasando; eso era lo bueno de las fiestas de esa clase, en las que todos estaban tan desinhibidos que no se paraban a cuestionarse nada de los demás, ni de las idas y venidas de cliente y empleada. Rosie pensó que a su padre le habría encantado esa fiesta y seguro que él jamás se habría caído sobre una pila de pastelitos. Lo suyo había sido más la melancolía romántica.

–Tengo cajas de galletas y otras cosas en la balda de arriba de mi despensa –le dijo a Angelo en el coche de este mientras recorrían la breve distancia que separaba la mansión de su casita.

–Justamente por eso te merecías ese cuatro latas.

–Espera aquí –le dijo bajando del coche–. No tardaré ni un minuto.

Pero cuando habían pasado casi veinte y aún no había salido, Angelo, impaciente y algo asustado, entró en la casa...

Capítulo 9

LA ENCONTRÓ en el salón acurrucada en el sofá y con la lamparita encendida.

–¿Qué pasa? –le preguntó deteniéndose en seco en la puerta y mirándola, casi hipnotizado.

Rosie lo miró y pensó en cómo las circunstancias podían alterar el curso de la vida de la gente. Si nunca hubiera ido a Londres, si no hubiera trabajado en el bar aquella noche, si Mandy no le hubiera dejado la casita de campo, si no se hubiera puesto en contacto con Ian en un momento de debilidad... Los «si» podían acumularse en una lista interminable...

–¿Y? –encendió la luz del techo y en ese momento pudo ver que estaba pálida como la cera y con un montón de papeles y chillonas piezas de bisutería sobre el regazo. Se acercó enseguida a ella–. ¿Qué es todo esto? ¿Has olvidado que hay una fiesta a la que deberíamos volver?

–Beth se ocupará de todo –dijo Rosie asintiendo hacia las latas de chocolate y cajas de galletas apiladas junto a la puerta–. Todo lo que necesitas está ahí. Ella ya sabe qué hacer. Es muy creativa, se las arreglará.

–No estoy pagando a Beth para que se ocupe de mi catering. Te estoy pagando a ti, así que no me digas que ella se las arreglará porque es creativa.

Rosie ni se inmutó ante sus palabras; parecía un zombi.

De haber sabido lo que se encontraría en la última balda de la despensa, ¿habría ido a buscar galletas y chocolate? Con las prisas había tirado la caja de las pertenencias de Amanda y un joyero había caído al suelo y, con el golpe, se había abierto un cajón que tenía oculto. Todas las chabacanadas que había usado cuando eran adolescentes habían quedado esparcidas por el suelo. Ahora las tenía sobre su regazo y sabía que, aunque no quería enfrentarse a Angelo en ese momento, no tenía elección.

—Angelo, tenemos que hablar.

—No es un buen momento para una conversación larga, sobre todo si se trata de un tema que sabes que no quiero tratar —fue hacia la ventana y, después, hacia la chimenea. Sabía que pasara lo que pasara, no era bueno.

—O hablamos, Angelo, o puedes marcharte y entonces no querré volver a verte nunca. Y no me importa que no quieras saber nada del tema, me dan igual tus preciadas normas.

Angelo se quedó paralizado. Nunca le habían dado un ultimátum. Veía que Rosie estaba hiperventilando, como al borde del desmayo. ¿Estaría teniendo una especie de ataque de pánico?

—A ver, dime.

—Ahora lo sé —Rosie agradeció que él no se hubiera sentado a su lado en el sofá, sino en una de las sillas.

—¿Qué sabes?

—Hace tiempo metí algunas de las cosas de Mandy en la despensa, en la balda de arriba. La verdad es que había olvidado que las había puesto ahí. Después coloqué allí también cosas que creía que podrían serme útiles en una emergencia porque aún tienen mucho margen de caducidad... —se detuvo.

Angelo no se movió; estaba inclinado hacia delante con los brazos apoyados sobre los muslos.

—Excelente planificación. Nunca se sabe lo que puedes necesitar... —fue lo único que acertó a decir.

—Beth debe de estar a punto de llegar para llevarse las cosas a la casa, así que no tienes que preocuparte de que tus amigos y colegas vayan a echar de menos algo que comer con los licores y el café.

—¿Te parezco un hombre que se preocupe por eso? ¿Crees que me importa si Henry, del bufete judicial, tiene algo con lo que acompañar su café o su copa de oporto?

—Me has pagado por un trabajo y voy a asegurarme de que se cumple.

En ese momento llegó Beth. Se la veía preocupada, ¿qué habría comido Rosie? ¡Y qué valiente había sido al aguantar toda la noche sin quejarse! En cuanto a qué pensaría sobre su relación con Angelo, esa chica era tan noble que ignoraría cualquier sospecha y solo vería a un cliente ocupándose de la mujer que tenía contratada porque había sufrido una intoxicación alimenticia.

—Se ha roto una de las cosas de Mandy —continuó Rosie cuando Beth se marchó apresurada—. Un joyero. La primera vez que lo vi ni siquiera sabía que tenía un cajón oculto. Abrí la tapa, eché un vistazo y lo guardé. Sé que no nos hablábamos, pero ver sus cosas me trajo muy buenos recuerdos y no quería librarme de sus objetos más personales. No sabía qué iba a hacer con ellos, pero...

—¿Pero?

—Pero hice bien en guardar algunas de sus cosas, porque de no ser así, ¿cómo me habría enterado de que estaba embarazada de ti?

El silencio que acompañó a esa pregunta fue ensordecedor.

—¿Qué has encontrado? —le preguntó Angelo al cabo de un momento.

—Una ecografía con fecha —al principio no había encontrado la conexión, pero al darse cuenta de todo, algo en su interior murió.

Había pasado años imaginándose que él había flirteado con su amiga, pero saber la verdad era aún peor porque no solo habían tenido una aventura a sus espaldas, sino que esa aventura había resultado en un embarazo. Esa sí que era la mayor de las traiciones. Era un paranoico ante la idea de correr riesgos con ella, pero con Mandy se había comportado con total despreocupación. ¿Acaso lo habían planeado? ¿Tenían planes de formar una familia feliz? ¿Habrían pensado en nombres para su futuro hijo?

—¿Dónde está el niño ahora? ¿Por qué nunca me lo has contado?

Angelo no tenía palabras. ¿Cómo podía decirle que apenas recordaba aquella única noche con Amanda? ¿Cómo podía admitir que se había quedado tan destrozado que se había emborrachado hasta casi perder el conocimiento? ¿Que por primera vez se había acostado con una mujer sin poner nada de su parte?

Cuando Amanda había intentado insinuarse después de aquella noche que él no recordaba, Angelo la había ignorado, avergonzado por haberse acostado con ella, por haber tenido ese momento de debilidad. Pero cuando un mes y medio después ella había aparecido con una prueba de embarazo y le había confirmado que el bebé que esperaba era suyo, se había visto obligado a casarse con una mujer a la que detestaba. Le gustara o no, su propio sentido del honor se había convertido en los muros de su prisión. Su madre le había inculcado unos valores familiares, además del de aceptar la responsabilidad de sus actos.

—Tuvo un aborto... —podía recordar aquel terrible día en que la había llevado al hospital.

Tras la pérdida del bebé, podría haberse divorciado, pero no lo había hecho. Se había distanciado de ella, pero... ¿divorciarse? No. Su penitencia por haber sido un estúpido sería permanecer al lado de Amanda de por vida como recordatorio de su imbecilidad. Habían llevado vidas separadas, aunque él se había asegurado de que tuviera una buena situación económica porque al final había acabado compadeciéndose de ella.

—Lo siento —murmuró Rosie porque, independientemente de lo que hubiera pasado, perder a un hijo habría sido terrible—. ¿Cuánto... cuánto tiempo llevabais teniendo una relación a mis espaldas, Angelo?

Él sabía que era su única y última oportunidad de contarle la verdad, pero ¿podría? Al fin y al cabo, Rosie había sido tan oportunista como su amiga. ¿Iba a humillarse ahora confesándole lo mucho que le había dolido su traición? De pronto, invadido por el orgullo, se preguntó qué estaba haciendo allí y en qué había estado pensando para retomar la relación con ella.

—Bueno, pues ya sabes la verdad —dijo, y se levantó.

—¿Te casaste con ella porque estaba embarazada? ¿La... la querías?

—No voy a hablar de esto.

—¿Es todo lo que tienes que decir, Angelo? ¿Que no vas a hablar de esto? Solo quiero saber qué pasó. ¡Creo que me lo debes!

—¡Yo no te debo nada!

—¿Cómo puedes decir eso?

—Hemos estado acostándonos, Rosie. ¿Desde cuándo

le debo algo a una mujer con la que me he acostado? ¿Una mujer que no significa nada para mí? Las explicaciones se reservan para la gente que nos importa.

Reunió fuerzas para enfrentarse a la desagradable sensación que lo estaba recorriendo. Así era como tenía que actuar. Nunca debería haber retomado la relación con ella ni haber pensado que se libraría de la atracción que sentía metiéndose en la cama con ella.

Rosie lo vio apartarse con esa gélida expresión. Ojalá nunca hubiera encontrado esa dichosa ecografía, aunque en el fondo sabía que siempre era mejor saber la verdad y enfrentarse a ella. Qué ilusa había sido al pensar que él le abriría su corazón y le daría la oportunidad de defenderse. ¿De verdad había creído que eso podía llegar a pasar? ¿O había seguido alimentando su amor y adicción por él porque en el fondo había esperado que algún día Angelo descubriera que se había enamorado de ella?

—¿Se dio a la bebida porque perdió al bebé?

—Te repito que no voy a hablar de esto —Angelo comenzó a ir hacia la puerta—. Tengo que volver a la fiesta.

—¿De verdad te vas a ir?

—¿Qué más hay que hablar?

—Tienes razón. Nada —Rosie se levantó con las piernas temblorosas—. Creo que deberías dar esto por zanjado. No quiero tener nada que ver contigo —se avergonzó de la pausa que hizo tras ese comentario porque sabía que, como una cobarde, estaba dándole una última oportunidad de decir algo y salvar la situación—. Siento mucho no poder ver el trabajo terminado, pero mañana iré a hacer la limpieza y recogerlo todo.

—Olvídalo. Haré que mi gente se ocupe.

–Me has pagado para hacerlo.

–He dicho que lo olvides.

–En ese caso, ¿te gustaría que te devolviera el coche? Porque fue parte del pago con tal de que tu casa quedara en perfecto estado.

–Considéralo un regalo de despedida por los servicios prestados. Y he de decir que esta vez me has salido mucho más barata.

Rosie no se lo pensó y lo abofeteó. Lo hizo tan fuerte que se hizo daño en la mano, pero le vino muy bien para liberar la rabia que bullía en su interior. Si hubiera podido golpearlo de nuevo, lo habría hecho. Angelo se frotó la cara, pero ni pestañeó. Tal vez sabía que se lo merecía.

–La próxima vez que sepas de mí será mediante mi abogado. Quiero vender mi casa lo antes posible. Haré que certifiquen los límites de separación de las propiedades lo antes posible. Si no impugnas mi decisión, será cuestión de semanas.

–Bien –ya lo estaba echando de menos, ya se estaba preguntando cómo sería vivir sin él. Y cuando él se giró hacia la puerta, quiso agarrarlo, pero no lo hizo. Por el contrario, se mantuvo en silencio y lo vio salir con un portazo. Y se quedó allí paralizada hasta que oyó el bramido de su coche alejándose de la casa.

Y entonces, solo entonces, se derrumbó. Cayó al suelo y lloró hasta pensar que no le quedaban más lágrimas por derramar.

En la despensa el suelo seguía cubierto de todas las cosas que se habían caído. Metió las cajas y las latas de Amanda en una bolsa que pensó en guardar en el cobertizo que había junto a la casa y, en cuanto al dañino joyero y su contenido... a ese le esperaba un lugar de descanso más permanente. Lo guardó en otra bolsa para echarlo a la basura. Mientras, a lo lejos, podía distinguir los sonidos de la fiesta en la casa de Angelo.

Para mantener la cabeza ocupada, decidió limpiar y ordenar la despensa, aunque no dejó de preguntarse si cada vez que entrara en ella recordaría lo sucedido esa noche.

Eran las tres de la mañana cuando por fin se fue a dormir después de darse una ducha. Beth le había mandado un mensaje preguntándole cómo se encontraba y diciéndole que el chocolate y las galletas habían funcionado. Rosie lo había leído y se había quedado con ganas de preguntarle qué estaba haciendo Angelo. ¿Estaría otra vez en el jardín con la rubia? ¿Habría pensado que sería un alivio acostarse con alguien que no le causaba complicaciones ni arrastraba ningún turbio pasado?

Aún no podía entender que se hubiera negado a hablar con ella ni el modo en que se había ido sin mirar atrás. Tendida en la cama, cerró los ojos y pudo ver su imagen mientras le decía que no le debía nada porque no le importaba, porque no significaba nada para él.

La idea de recomponerse y seguir adelante con su vida le resultó lo más aterrador que podía contemplar. Eso ya lo había intentado una vez y había terminado con un acosador. ¿Qué pasaría la próxima vez? ¿Se ligaría a un asesino en serie?

Qué criterio tan pésimo debía de tener si había pensado que esa vez el amor que sentía por Angelo se había intensificado.

Sabía que él vendería la casa tan deprisa como pudiera porque apenas la usaba y no le importaba el dinero, no lo necesitaba. Solo querría romper toda conexión con el pasado y eso las incluía a Amanda y a ella.

Se despertó a la mañana siguiente algo desorientada y se quedó en la cama una hora dejando que los recuerdos de la noche anterior fueran adentrándose de nuevo lentamente en su cabeza. Cuando por fin se movió, tenía las extremidades agarrotadas.

A media mañana decidió que solo había una cosa que podía hacer: llamar a Jack, su confidente que, por cierto, ya había ido a visitarla al campo en varias ocasiones aprovechando los días que Angelo no había estado allí.

Se odiaba por haber tenido esperanzas cuando Angelo no le había dado ninguna, cuando no había dejado de recordarle que lo suyo se reducía al sexo y a una situación que estaba por concluir. Al pensar en todas las conversaciones que habían tenido, se preguntó cómo había podido creer que era una buena idea acostarse con un hombre que la había abandonado una vez, que había pensado de ella lo peor, que se había negado a oír su versión de la historia y que le había dejado muy claro que solo la quería para el sexo. Se maravilló ante la ingenuidad del cerebro humano, aunque... así era el amor, ¿no? Ciego a lo obvio y siempre dispuesto a ofrecer el beneficio de la duda.

Jack contestó al primer tono.

—Es domingo, ¿no deberías estar en la cama comiendo cruasanes con el macizo italiano?

—Se ha terminado.

Se lo contó todo sin omitir ningún detalle y, entre sollozo y sollozo, se disculpó por ser un aburrimiento.

Quedaron en que iría a visitarla la semana siguiente y que entonces charlarían y ella se sentiría mejor. El tiempo lo curaba todo, le aseguró su amigo, y Rosie estuvo dispuesta a creerlo. Tal vez era mejor que todo terminara así porque ya no recordaría la relación con nostalgia, sino con rabia, y la rabia podía ser una gran amiga a la hora de olvidar las cosas.

Angelo miraba su teléfono móvil con indiferencia. Sabía quién lo llamaba porque tenía el número grabado: Eleanor French. Una semana antes, el día después de haber concluido para siempre su relación con Rosie, había cometido el error de dejar que la rubia pensara que tenía una oportunidad con él.

Angelo tenía otra cosa en mente: los límites de la propiedad. Les había dicho a sus abogados que hicieran algo lo antes posible; no le importaba cuánta tierra pusieran a nombre de Rosie, lo único que quería era que fuera rápido para poder vender la casa.

Ya tenía el documento final delante, sobre su mesa, junto al teléfono que no dejaba de vibrar.

Eran las siete y media de un viernes. Podía elegir entre echarle un vistazo a un documento legal sobre una propiedad que ni quería ni necesitaba y que cortaría para siempre cualquier vínculo entre él y una mujer que tampoco quería ni necesitaba más, o someterse a otra cita con la piraña rubia.

Se disculpó ante la rubia, en esa ocasión sin dejar la puerta abierta a otras posibles citas, y comenzó a leer el documento.

La visita de Jack le vino muy bien. Era alegre y optimista, decía lo correcto y se ponía de su parte sin cuestionarla. Tal como había hecho tres años antes. Sin embargo, ella había dicho que era la única culpable de la situación tal vez porque estaba tan ocupada pensando en todas las cosas brillantes que tenía Angelo que no podía centrarse en lo malo que tenía.

Sí, era un cerdo por haberla utilizado, pero ¿no había permitido ella que la utilizara? ¿No había sido sincero al no dejar de recordarle que no esperara nada a largo plazo? ¿No se había negado a compartir situaciones que consideraba demasiado familiares... a pesar de haber acabado haciéndolo sin darse cuenta? Era el hombre más fascinante, complejo y exasperante que había conocido.

Mientras Jack arrancaba su coche el domingo por la tarde preparado para partir, ella solo quería sacarlo por la puerta y hacerle prometer que nunca la dejaría, al menos no hasta que se hubiera recuperado del todo.

—¿Entonces tienes trabajos contratados?

Rosie asintió. No podía haber esperado mejor forma de promocionarse que la fiesta que había celebrado Angelo. Tenía una lista de personas interesadas en su catering, desde cosas pequeñas como fiestas de niños, hasta una celebración de fin del verano en el ayuntamiento.

—Y por fin hemos terminado de plantar tu pequeño huerto.

Sí, lo habían hecho. Cultivarlo le daría algo que hacer cuando se acercara el invierno y los días fueran más cortos.

—Además, te has unido a ese club de lectura.

Algo más con lo que entretenerse de vez en cuando.

—Eso sin mencionar que te has ofrecido a dar clases de cocina en la escuela local.

Sí. ¿En cuántas actividades más podía implicarse una persona? Jack había sido genial animándola.

—Pues volveré el viernes, ¿de acuerdo?

—No tienes por qué.

–Tengo que asegurarme de que cuidas bien de esa huerta.

Se marchó haciendo sonar el claxon y despidiéndose con la mano. Después, Rosie entró en su casa.

Algo más arriba del camino y, a punto de girar a la izquierda para entrar en la larga avenida que conducía a su mansión, Angelo no pudo evitar oír el sonido del claxon. Aminoró la marcha. El coche que iba hacia él solo podía salir de la casita. La curiosidad lo hizo mirar al conductor y vio al chico de ojos azules y melena rubia recogida en una coleta. Lo invadió una sacudida de furia. ¡Así que resultaba que el pasado no estaba tan enterrado como a ella le habría gustado fingir! ¿No se había preguntado varias veces qué había pasado con el chico rubio de ojos azules?

No debería haber hecho ese viaje nunca. Podía haber dejado que sus abogados se encargaran de llevarle el documento a Rosie para que firmara el consentimiento necesario para sellar el acuerdo de los límites de la propiedad, pero no; sin pensarlo se había metido en el coche para ver con sus propios ojos dónde estarían esos límites. ¿Qué había esperado sacar... además de malgastar gran cantidad de gasolina? Lo que seguro que no se había esperado era quedarse sentado detrás del volante consumido por la furia.

Lo que haría sería ir a su casa, evaluar los cuadros y adornos que reubicaría en sus otras propiedades y darse una vuelta por la tierra para confirmar que estaba de acuerdo con los límites propuestos en los documentos.

Y lo que no haría bajo ningún concepto sería ir a la casa de campo y reabrir otro debate con una mujer de la que por fin se había librado. Una mujer a quien no le debía nada. Una mujer que lo había manipulado tres años antes y que había seguido haciéndolo.

Cuando miró por el retrovisor vio que el coche del otro hombre había desaparecido en el horizonte.

Dio la vuelta y fue hacia la casa de Rosie.

Allí, Rosie estaba a punto de vaciar el lavavajillas y al oír un coche frenar sobre la grava supuso que Jack había olvidado algo. Estaba medio sonriendo a la espera de ver a su amigo al abrir la puerta antes de que siquiera hubiera sonado el timbre.

Ver su sonrisa enfureció a Angelo más que ninguna otra cosa. ¡No hacía falta ser un genio para saber qué significaba esa sonrisa! Durante el minuto que había durado el trayecto desde su mansión hasta la casa su sentido común había salido volando por la ventanilla.

–Veo que los viejos hábitos no mueren fácilmente.

–Angelo –Rosie retrocedió ante la fiera expresión de su rostro–. ¿Qué... qué estás haciendo aquí?

–¿Querías hablar? –su voz sonó letalmente fría, a juego con su gesto–. Pues entonces vamos a hacerlo, Rosie. ¡Hablemos!

Capítulo 10

YA NOS hemos dicho todo lo que nos tenemos que decir –Rosie vio que estaba temblando y que no podía apartar la mirada de su precioso rostro. Pero estaba decidida a ser fuerte, a no dejarse llevar. Él no había querido hablar antes y ahí estaba ahora, hecho una furia y diciéndole que de pronto quería hablar. ¿Cómo iba a recuperar su vida si seguía siendo así de vulnerable? ¿Si le permitía seguir creyendo que podía aparecer sin más y que ella le dejaría pasar?

Además, si estaba tan furioso por algo, podía imaginarse por qué. Tenía algo que ver con la casa, o la tierra, o con ambas cosas.

–Dijimos que lo que tuviéramos que hablar sobre la tierra lo haríamos mediante un abogado –estaba en la puerta con los brazos cruzados.

–La tierra no podría importarme menos. Ahora aparta. Quiero entrar.

–¿Y si yo no quiero dejarte pasar?

–Entonces... –Angelo se acercó y ella retrocedió–, puede que descubras que no tienes elección. ¿Qué tal te está tratando la vida? –añadió al pasar por delante de ella buscando señales que le indicaran que allí se alojaba un hombre, un hombre que le resultaba demasiado familiar.

–¡Muy bien!

Rosie alzó la barbilla.

Él había entrado en la cocina, pero antes de poder seguirlo, ya estaba saliendo de ella para ir al salón. Por cómo miraba las escaleras, parecía que quería hacer un circuito completo por la casa.

—Seguro que sí.

No había señales de que alguien más estuviera ocupando permanentemente la casa, pero ¿quién sabía? ¡El baño de arriba podía estar lleno de cuchillas de hombre, calzoncillos y loción para después del afeitado!

—¿Qué significa eso?

—Debía haberme imaginado que seguía por aquí. ¡Y tuviste la cara de intentar sonsacarme detalles personales! ¡Eres tremenda!

—No sé de qué estás hablando y, si has venido aquí para insultarme, ya puedes marcharte. ¡Ahora mismo!

Sin embargo, él era más grande, más fuerte y, por lo que parecía, no tenía ninguna prisa por marcharse. Desde que lo conocía nunca había visto tanta violencia contenida. En ningún momento temió que esa ferocidad pudiera traducirse en algo físico, pero sí que temía lo que pudiera decirle. No podría soportarlo si Angelo empezaba a repetirle lo poco que le importaba y que nunca había sentido nada por ella.

Cada vez que Angelo pensaba en ese tipo marchándose de la casa tan tranquilo le daba un arrebato de cólera y tuvo que controlarse mucho para mantener una conversación cuando lo que de verdad quería era ponerse a golpear cosas.

—¿Sabes qué? —se acercó a la ventana.

—¿Qué? —Rosie seguía junto a la puerta, sin saber qué debía hacer.

–Lo he visto, así que ¿por qué no dejas de jugar? Puedes dejar de fingir que no sabes de qué hablo y a lo mejor así me entero de la verdad de primera mano; de la mano de la oportunista mentirosa que has sido siempre.

Rosie se acercó al sofá y se sentó llevándose las piernas contra el pecho.

Angelo no dejaba de mirarla. ¡Estaba haciendo una interpretación de Oscar como la chica inocente sin un ápice de astucia en todo su cuerpo! Lo miraba con los ojos muy abiertos. Las cazafortunas solían vestir ropa sexy y llevar unos cuantos botones desabrochados, pestañas postizas y los labios siempre pintados de un intenso rojo. Sin embargo, ella nadaba contra corriente, incluso cuando la había conocido en aquel bar. ¿Era esa la razón por la que había quedado prendado de Rosie? Ahora llevaba su peto desteñido, una camiseta debajo, y unos gruesos calcetines.

–De verdad que no sé de qué estás hablando, Angelo.

–¿Pelo rubio recogido en una coleta? ¿Te suena de algo?

–¿Te refieres a Jack?

A Angelo lo enfureció que lograra mantener esa mirada de perplejidad a la vez que confesaba la continua presencia de un hombre en su vida.

–¿Vas a decirme que no ha estado aquí? ¿Que no ha pasado el fin de semana en tu casa? –podía oír los celos en su voz, pero no le importó.

–Sí, ha pasado aquí el fin de semana. ¿Qué pasa?

–Me das asco.

–¿Te doy asco?

–¿Ha estado en tu vida todo este tiempo? ¡Debí imaginar que no habías llegado a dejarlo nunca!

–¿Dejarlo?

–¡Ahórrate esa cara de inocente! –se apartó de la ventana con los puños apretados y fue hacia ella–. Sabes muy bien de qué hablo. Estabas viendo a ese hombre a mis espaldas hace tres años y has seguido haciéndolo esta vez. ¿Qué jugada escondéis bajo la manga?

–¿Viendo a Jack? Sí, he estado viendo a Jack. ¿Por qué no iba a hacerlo? Lo conozco... de toda la vida.

–¿Quieres decir que no vas a negar tus infidelidades?

–¿Cómo dices?

–Ya me has oído –se sentó en la silla y se obligó a quedarse quieto; era el único modo de controlar sus emociones.

–¿Crees que me he estado acostando con Jack? –empezó a reírse. No podía parar.

–Sé que sí.

De pronto, Rosie dejó de reírse.

–¿Y eso cómo lo sabes? ¿Porque soy una fresca que se tiraría a dos hombres al mismo tiempo? ¿Y también me estaba acostando con Jack cuando ese cerdo estuvo acosándome? ¿Qué te hace pensar que Jack y yo podemos tener una relación así?

–¡Tengo pruebas!

–Eso es imposible –Rosie tenía la extraña sensación de haberse adentrado en un universo paralelo en el que ya nada tenía sentido.

–Fotos, Rosie. De ti, de él. Abrazados, riéndoos, él mirándote.

Rosie podía oír los celos en su voz y, por primera vez, vio a un Angelo vulnerable. Algo dentro de ella se removió y lo único que quiso fue abrazarlo hasta que esa oscura expresión de abatimiento desapareciera de su rostro.

–¿De dónde sacaste esas fotos? –le preguntó con calma.

Angelo se pasó una temblorosa mano por el pelo.

–Tu amiga me las enseñó. No existe el honor entre ladrones.

–Oh, Mandy –murmuró Rosie.

Miró a Angelo, que inmediatamente dijo:

–No pienses que vas a salir de esta diciéndome que todo lo que vi fue una sarta de mentiras...

–Claro que Jack y yo nos estábamos abrazando y también puedo decirte dónde se sacaron esas fotos –Rosie se levantó, agarró una banqueta y fue hasta el sillón donde él se había sentado–. Es una larga historia y digamos que Amanda tomó la verdad y la retorció para lograr sus propósitos.

–Te escucho.

–Lo que empeñé... las joyas... –respiró hondo–. Lo hice por Jack.

–Por fin sale a relucir la verdad –a Angelo le apetecía una copa, algo fuerte, igual que aquella vez tres años atrás, cuando había visto los recibos de las joyas y las fotos y todo su mundo se había derrumbado.

–Quería decírtelo, pero me daba vergüenza. Cuando los tres decidimos irnos a Londres, Jack estaba pasando por una etapa muy mala.

Angelo estaba empezando a hartarse de oír el nombre de ese tipo, aunque sabía que estaba obligado a escucharlo le gustara o no. Por fin estaba comprobando lo que era una tortura.

–Deberíamos habernos ido varios meses antes, pero yo no quería porque quería terminar mis exámenes. Les dije que se fueran ellos primero, pero me dijeron que me esperarían. Y, mientras tanto, a Jack le dieron una paliza y estuvo a punto de perder la vida.

—No te sigo.

—Como te he dicho, estaba pasando por una etapa muy mala, tanto que acabaron mandándolo a un hospital.

—¿Acabaron? —la miró fijamente en busca de una mentira, pero Rosie estaba diciendo la verdad.

—Homófobos, ellos le dieron una paliza y lo mandaron al hospital. Y cuando salió y llegamos a Londres por fin, se volvió drogadicto. Fue su modo de enfrentarse a lo que le había pasado. Yo... —respiró hondo—. Me culpé. Si nos hubiéramos marchado cuando lo teníamos planeado, nada de eso habría pasado, pero fui una egoísta.

—¿Jack es gay?

—Seguro que Mandy nunca te dijo ni una palabra de eso. Cuando salió del centro de rehabilitación hicimos un montón de fotos y seguro que esas son las fotos que ella te enseñó. Claro que estaba abrazándolo. Claro que me estaba riendo. ¡Estaba feliz!

—Entonces las joyas que empeñaste...

—Fue para ayudar a cubrir el coste del mejor centro que pude encontrar. Era caro, pero él se lo merecía y sé que pensarás que estuvo mal, pero no me arrepiento de nada.

—Amanda.

—Lamento que te mintiera.

—Podrías haber dicho algo.

—Me daba vergüenza. Pensé que me odiarías, fue culpa mía que Jack pasara por todo lo que pasó. Rompimos... bueno, tú me dejaste... y para cuando pensé que no tenía nada que perder al intentar ponerme en contacto contigo otra vez y contarte la verdad, me enteré de que te habías casado con Mandy.

—Y pensaste que había estado viéndome con ella a tus espaldas, que te había sido infiel.

—Eso fue lo que ella me dijo. Me costaba creerlo, pero me habías dejado y después te casaste con ella, así que supuse que me había contado la verdad y decidí seguir adelante con mi vida. Además, Jack se había recuperado, había encontrado a un chico maravilloso...

Angelo la miró a los ojos. Resquicios de su orgullo salían a la superficie, pero sabía que si no le decía la verdad ahora, perdería la oportunidad para siempre. Le acarició la mejilla y se sintió alentado cuando ella no retrocedió.

—No te había sido infiel con ella. Para mí solo era tu compañera de piso, yo solo tenía ojos para ti.

Rosie se quedó sin respiración.

—Pero se quedó embarazada de ti.

—La noche que me lo contó todo... salí y bebí mucho porque no podía soportarlo. Me desperté a la mañana siguiente y no recordaba haberla tenido en mi habitación ni nada de lo que había pasado después.

—Y se quedó embarazada.

—Nunca sabré si fue cuestión de mala suerte o si ella lo tenía todo planeado. En cualquier caso, cuando volvió a por más de lo mismo le dije que se largara, pero entonces al cabo de un tiempo volvió diciéndome que iba a ser padre y lo demás ya es historia. Había perdido a la única mujer que había amado y me veía atrapado con la que me había hundido en ese pozo.

—¿Me querías?

—No me di cuenta de cuánto hasta que ya no estabas a mi lado. Me cautivaste. Te odiaba por lo que creía que habías hecho, pero no podía sacarte de mi cabeza. Amanda y yo nunca volvimos a compartir cama. Apenas compartíamos el mismo espacio. Me aseguré de que tuviera más que dinero suficiente para hacer lo que quisiera, pero no hubo nada en lo que se refiere a una relación –la sentó en su regazo con delicadeza.

–Me querías –murmuró Rosie y lo sintió sonreír contra su cara–. ¿Y ahora?

–Te quiero. Te quiero, y te necesito y no me imagino viviendo sin ti. La semana pasado ha sido un infierno. He venido hasta aquí con la excusa de supervisar los límites de la tierra, pero sabía que lo que quería era tener la oportunidad de volver a verte, aunque solo fuera para discutir contigo. Eres como una droga...

–Me gusta ser una droga –alzó la cabeza y cerró los ojos cuando él la besó; fue un beso largo, intenso y tierno–. Y he de decirte que yo siempre te he querido. Nunca he dejado de hacerlo. Jamás me habría acostado de nuevo contigo si no te hubiera amado, aunque me engañaba a mí misma diciéndome que lo hacía solo porque tú también lo hacías, por concluir ese asunto que teníamos pendiente.

–Yo no me divorcié de Amanda porque no quería olvidar mi curva de aprendizaje –agarró el tirante de su peto y se lo colocó sobre el hombro delicadamente–. Supuse que jamás volvería a cometer el error de casarme otra vez, así que ¿de qué me servía divorciarme? Pero me equivocaba. Quiero casarme otra vez y esta vez con la única mujer del mundo con la que siempre he querido hacerlo. Y sé que debería ponerme de rodillas y pedírtelo, pero me resulta muy agradable tenerte sobre mi regazo. Así que, Rosie, ¿quieres casarte conmigo?

Rosie se tomó unos segundos para saborear el sonido de esas palabras. Era algo que nunca, jamás, había pensado que oiría.

–Es lo que más deseo –le rodeó el cuello con los brazos y lo besó en la línea de la mandíbula–. Entraste en mi vida y me enamoré de ti, y eres la única persona con la que podía imaginarme compartiendo el resto de mi vida. Incluso cuando no dejabas de decirme que lo nuestro solo era sexo, yo seguía fantaseando con que algún día verías las cosas de otro modo. Sabía que era una debilidad por mi parte, pero no podía imaginarte fuera de mi vida. Era como si me hubiera pasado tres años intentando olvidar que existías, y entonces, en cuanto volví a verte, tuve que vivir con el hecho de que, sin ti, yo no existía.

–¿Y serás la madre de mis hijos? –su mano encontró la cálida curva de su vientre bajo la camiseta y siguió acariciándola hasta deslizar la mano y colarla bajo su sujetador y cubrir su pecho.

–No hay nada que pudiera querer más. ¡Te quiero tanto, Angelo! Ha sido un viaje largo y muy duro y no te dejaré escapar nunca, jamás...

«Sigo las reglas, pero las mías».

Poppy Silverton era tan au-
téntica como el pueblo inglés donde regentaba un
salón de té. Pero su hogar,
su medio de vida y su inocencia corrían peligro.
Rafe Caffarelli era un play-
boy multimillonario, y estaba decidido a comprar la
casa de Poppy.
Ella no estaba dispuesta a
desprenderse de lo único
que le quedaba de su in-
fancia y su familia, por lo
que se enfrentó a Rafe y a
la atracción que sentía
por él. Y fue la primera
mujer que le dijo que no a
un Caffarelli.

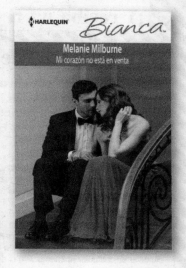

Mi corazón no está en venta

Melanie Milburne

Máximo placer
DANI WADE

Ziara Divan había trabajado muy duro para ganarse un puesto en la firma de trajes de novia más prestigiosa de Atlanta, por lo que, cuando su nuevo jefe, Sloan Creighton, intentó seducirla, no lo aceptó, aunque este fuera irresistible.

Sloan estaba acostumbrado a salirse con la suya. Pensaba recuperar el control de la empresa de su padre y conseguir a esa mujer pero, cuando sus planes empezaron a encajar, el pasado de Ziara amenazó con hacerlos fracasar.

¿Lograría resistirse a la tentación de su jefe?

¡YA EN TU PUNTO DE VENTA!

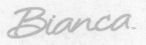

Tenía que recibir lecciones de pasión...

Anna estaba a punto de conseguir el trabajo de sus sueños cuando se lo arrebataron todo. Y solo había un hombre al que se podía culpar.

Cesare Urquart, un antiguo piloto de carreras, creía que Anna era la mujer que estuvo a punto de terminar con el matrimonio de su mejor amigo. Pero, cuando Anna llegó a la preciosa finca que Cesare tenía en Escocia para trabajar como empleada de su hermana, él experimentó una atracción que no había sentido en años. Pronto, empezó a cuestionarse la idea que tenía de ella. Porque, bajo la insolente actitud de Anna, había una inocencia irresistible que Cesare no podía dejar sin explorar...

Cautivado por su inocencia

Kim Lawrence